自閉女(ジヘジョ)の冒険

森口奈緒美 著

モンスター支援者たちとの遭遇と別れ

tomi shobo
遠見書房

不登校支援者たちが発達障害にまだ無理解だったころ、
自閉症のひきこもりの若者が支援者や居場所や相談の場を探す、
平成時代のお話。

「彼らの最もよい者もいばらのごとく、
最も正しい者もいばらのいけがきのようだ。」
（旧約聖書ミカ書７章４節前半）

目次

【Ⅰ】モンスター支援者

ここで、少し時代を遡って、元号が昭和から平成になったばかりの、一九八九年の春のこと――

だいたいこの四、五年ぐらい前から、世の中でも、学校のいじめ問題や、登校拒否（症）の問題に取り組む、今で言うところの不登校問題の活動家たちや支援者たちが、あちこちで立ち上がるようになり、社会的にも注目を浴び始めていた時期だった。いわゆるトレンドなのかもしれないが、その手の書籍も、雨後の筍のように、いつしかたくさん出版されるようになっていた。

私はふらりと立ち寄った書店で、たまたま手に取った、そうした二冊の本を購入した。すると、それらの本にはどちらにも、同じ不登校支援者であり、なにかの会のような民間の集まりが紹介されていた。それは日本で初めてと言われている、不登校の会だった。

ちょうどそのころテレビでも、その支援者と会について、繰り返し何度も放送されていた。ある番組では、ある不登校の少女が、暗い部屋で寂しそうに逆光でうつむき加減に映し出されていた。

私は、書籍やテレビで何度も取り上げられるところなのだから、信頼に足るところなのかなと思って、その組織の代表者に手紙を書いた。

初めての手紙だから緊張した。だいたいこんな感じ。

> 馬頭じょうじ（仮名）様
> 前略
> 初めまして。

私は一九六三年生まれの自閉症の女性で、名前を森口奈緒美（モリグチ・ナオミ）と言います。

普通学級に通ったのですが、小学、中学、高校といじめに遭い、登校拒否になったため、高校を途中で通信制に転校して、そのため四年間かけて高校を卒業しました。今はいじめの後遺症で精神障害になり、精神科で治療していますが、投薬の副作用と闘う毎日です。

私のような者の相談の場はなく、あっても、とても酷いところでした（それについて書くととても長くなるので、今は略します）。

今、私は二十六歳ですが、私のような、元・登校拒否だった成人の相談に乗ってくださるところを探しています。貴会は「親の会」とございますが、私のような当事者でも差支えないものでしょうか？

つきましては、ご多忙の中、お手数おかけいたしますが、ご連絡をくださるなら幸いです。

かしこ

そっけない、味気ない手紙と言われればそれまでなのだが、でも自分の置かれている状況を詳細に教育関係者やメディアに書いても、今まで返事はどこも梨の礫だった。一つにはそういうこともあって、切々と訴える手紙を書くことに、もう見切りをつけていた。

その他の理由は、不登校から来る二次障害の治療で、とても重い薬を服用していた最中だったので、長い手紙（ワープロと呼ばれていた、ワードプロセッサーは、この手紙を書いた後に手に入れた）を書くことが不可能になっていたこともある。

使った便箋には、《私》を象徴する、あるイラストを、これまた当時人気だった、「プリントゴッコ」という簡易印刷キットを使って、蛍光ピンクで刷っていた。それは、ジョン・テニエルの挿絵による、『不思議の国のアリス』の茶会のシーンから採った、《三月うさぎ》。私がうさぎ年の三月生まれであるということもさることながら、それ以上に、そのうさぎと同様、私もまた（二次障害としての）精神疾患を抱えた、紛れもない《き○がい》であるということの象徴だったのだが、周りの人たちはそういう由来などつゆ知らず、誰もが「可愛い」と言ってくれていた。

それで私は、その可愛いと言われているうさぎのイラストを、自分自身を表す意味で、便箋の一枚一枚に刷り込んでいたのだった。

手紙そのものは一枚で収まったので、いわゆる一般的なマナーなるものに従って、先方に失礼にならないように、未記入のその便箋を重ねて添えた。

私はその手紙を何度も読み直して、推敲して、投薬の副作用で震える手で何とか手書きしたものを封して、郵便ポストに投函した。今（二〇一八）の時代みたいに、電子メールやSNSのある便利な時代ではないから、ひきこもりの私には、ポストのあるところに行くのも冒険だった。

⁂

数日後のことだろうか。

今回は、梨の礫ではなかった。その会——「回り道の会」（仮名）の代表のバトーさん（仮名）から返事が来た。

手紙には、こうあった。

森口奈緒美様

一度、こちらにいらしてみませんか？

（可愛い便箋なので使わせていただきました。）

馬頭

わずか二行の手紙だった。「三行半《みくだりはん》」という言葉があるが、それよりも短い。

短いのは、いつもとても忙しい人だから仕方がないとしても、いわば自分の顔とも言えるオリジナルの便箋に、他人の文言が書かれていたので、なんか、言葉にならない、奇妙な感じがした。

これは手紙でなく、むしろメモ書きであるから、一筆箋でも事足りるのではないかとも思ったのは、まあよいとしても、それは初めて、いわゆるこの手の関係者と呼ばれる人からの返事だった。

「こちらにいらしてみませんか？」と言われても、当時の私は今でいう《ひきこもり》だった。まあ当時は《ひきこもり》という言葉はまだなかったから、《登校拒否の予後》とか、《外出できない状態》と呼んでいたのだが。

実際、投薬治療の副作用もあり、いつも疲れていて、元気が出ないので、その旨を、今度は少し詳しくバトーさんに書いた。そしてそれを、ふらふらになりながらも、またポストに投函に行くという大冒険をしたのだった。

⁂

すると、しばらくして、バトーさんから郵便物があった。

それにはメモが添えられていた。

私の書いた手紙の内容には今度もなぜか触れられておらず、こうあった。


こういうものをやってます。

馬頭

そしてそこには「回り道レポート」という、「回り道の会」の定期発行物が同封されていた。それは冊子の体裁を取っていて、乾式複写機で刷られ、ホッチキスで製本されていた。その中身はすべて、バトーさんの書いたものだった。

私はそのサブタイトルを読んだ。

――A君への追悼――

どうやら、つい最近、この会で自殺者が出たらしかった。

そのレポートを読んだが、どこにも「A君」の生の声は書かれていなかった。その代わり、A君が死んだのは、世の中のせいだ、社会のせいだ、学校のせいだ、日本の国のあり方のせいだ……、などといった、バトーさんの糾弾の言葉がびっしりと並んでいた。

初っ端から、これはただごとではない、と思った。

もし今度、「回り道の会」に参加するとしたら、弔いの気持ちを表すために、黒づくめで行くしかないな、と思った。黒とか着ると暑苦しいのだが、これは私にとって追悼の意味を表すノンバーバル・コミュニケーションのつもりだった。

それで、ある年（一九八九年）の四月だったか五月だったか六月だったかの、土曜だか日曜だったかのある日の朝、「回り道の会」のオフィスのある、ある建物の二階の、「じゅげむジャパンインターナショナル」（仮名）を訪ねてみることにした。

で、私がこの手記を書くに当たって、そのオフィスの仮の呼称を「じゅげむ」としたのには理由がある。というのも、その宛名がとても長くて、そのオフィスに郵送物を送るには、

〒×××
○○都○○区○○×-×-×
○○○○○ビル2F
「じゅげむジャパンインターナショナル」気付
「回り道の会・登校拒否と学校を考えるなんたらかんたらの親の会」
会長
馬頭じょうじ様

と書かなければならなかったからだ。

本当に久しぶりに電車に乗って（電車の窓から入る光が眩しかった）、私鉄T線の始発駅でもある浅草駅に来た。オフィスはその駅から徒歩ですぐ近くにあった。

後から思えばアポを取ってから行けばよかったのだが、バトーさんは、いつでも来てもいいという意味のことをおっしゃっていたから、私はそれを字句通りに受け止めていたのだった。それに、仮にアポを取っても、体調不良で急に行けなくなることもあるから、可能なときに動いたほうがいいと思っていたところもある。

なるべく早い時間に行ったつもりだったのだが、大仰な長い名前のついたわりには貧相な木造モルタルの建物の中にある、そのオフィスは留守だった。

それで仕方なく、二階に繋がる屋根つきの茶色いリノリウムの階段のところに腰掛けて、主のご帰社（？）を待つことにした。

オフィスの中からは、番犬なのかどうかは知らないが、ただひたすら、大型犬が吠え続けているのが聞こえる。階段の踊り場には、Gの死骸が仰向けになって転がっている。


そうこうして、二、三時間ずっとイヌの怒号を聞きながら待ち続けていると、階下の一階のお店の店主か住民と思える年配の女性が出てきて、私にこう言う。

「そのイヌ、一日中、二十四時間ずっと吠え続けているので、うちはとても迷惑しているんですよ。何とかしていただけませんか？」

私は思わず言った。

「どうもすみませんでした」

脊髄反射だった。

言ってしまってから後悔した。何で自分の責任でもないのに謝ってしまったのだろう。

思うに、自閉症の私にとって、学校生活はトラブルだらけで、気がつくといつも私がトラブルメーカーということにされていた。でもいつも私が悪者になり、謝ることで、だいたいは丸く収まることが多かった。

謝るとき、なぜ自分が悪いのかいつもよく理解できなかった（それどころか被害者ではないかと思えることも多々あった）のだが、クラスメイトの皆が（ときには先生も一緒になって）「謝れ！」と言うから、ずっとその通りにしてきたつもりだった。

そうやって長年ずっと学校生活を送るなかで飼い慣らされ続けた習慣が、今回も、ほとんど無意識的に出てしまったのだった。

おばさんは、「本当に、何とかしてくださいね。とても困った犬ですから」と言って、自分のお店に戻っていった。

でも、私に苦情を言われてもどうにもできないし。

⁂

結局、ずっと待ち続けて、夕方になり、もう帰ろうとしたところに、バトーさんたちが帰ってきた。

バトーさんは言った。

「あなた、どなた？」

私は「初めまして」と言い、自分の名前を言った。

「だいぶ、待ったの？」

「朝に来て、八時間ぐらい待ったの」

「それはすまなかったね。疲れたでしょう」

「いえいえ病院の待ち時間のことを思えば、ぜんぜん大したことないですよ」

実際、当時かかっていた精神科は、受付が朝の八時で、受診が夕方の十六時とかだったから、待つのには慣れていた。でも、おしっこもしたいし、喉も渇いたし、体力的にももう限界だし、私が帰ろうとした間際にバトーさんが帰ってこられるなんて、またずいぶんと間が悪いな、と思った。それに、ついこないだ自殺者が出たばかりなのに、やけにバトーさんの態度が明るいな、とも思った。

その後、オフィス「じゅげむジャパンインターナショナル」の中に案内された。

「何で全身黒づくめの服着てるの？　暑いでしょ？」

私はその質問に応じようとしたのだが、オフィスの中には怖い秋田犬がいて、眉間に皺を寄せて、さっそく私めがけて吠え続けているのに気を囚われ、答えそびれてしまった。そのイヌが今にも私に飛びかかってこようとするのを、バトーさんは必死に止めていた。

彼は言った。

「このイヌはねえ、一度、迷子になったんだけど、それでも自力で帰宅したんでね」

私はバトーさんに、イヌの件で下の階から苦情があったことを言った。すると彼は言った。

「あのおばさんは、いつも、ああいうふうに、うちの可愛いイヌに言いがかりをつけてくるんですよ。困った人です。気にしない、気にしない」

その間もイヌは吠え続けていたので、聴覚過敏の私にとってはとてもしんどいことだったが、なんとか頑張って耐えた。

その後も、ずっとイヌの話だったのだが、イヌが吠えるのに気を囚われたのか詳細は忘れた。

突然、バトーさんは、「ピザ、食べる？　奢るから」と私に訊いた。

いきなり質問されたので、反射的に私が「はい食べます」と答えたら、彼は宅配ピザの注文で電話を掛けた。

それがすむと、彼は言った。

「あなた普通に話しできるけど、自閉症ではないでしょ」

このころはまだ発達障害やアスペルガーという言葉はなく、世間での自閉症の認識というのは、言葉を話せないものとみなされていて、私のようなタイプ——言葉は操れるが人間関係がわからない——というのは、まだ自閉症としてはみなされず、せいぜい詐病か、あるいは単に〝躾が悪い〟としか思われていなかった。

彼は言った。

「ぜんぜん普通じゃん。どこが自閉症なの？」

私は言葉を濁した。説明しようとしても、うまく適切な言葉が出てこなかった。この手の質問は、今までにも何度も投げかけられていたはずなのだが、それでも、その場の出来事に対して、臨機応変に話せない。これが、実はこの障害なのだが、この度もそうだった。

それでも何とか、説明のための言葉を探しながらまごついていると、バトーさんは話題を変えてこう言った。

「初めてのことなので、この会のことで、少し説明しておきますね。言い訳かもしれないんだけど——」

そう言って彼は続けた。

「この会は独善的だと人から言われるのだけど、それは私がこの会をきちんと正しく運営しようとしているからです」

「この会は自分勝手だと言われるけど、それは自分を救うことで、他の人たちも救おうとしているからです」

「この会は言い訳が多いと言われるけど、それは物事をきちんと説明しようとしているからです」

「この会は閉鎖的だと言われるけど、それは良い人を選んで集めるようにしているからです」

「この会は厳しいことも言うことがありますが、それは相手の為を思って言っているからです」

「この会の助言は矛盾していると言われますが、それは多面的な視点から、その場その場で適切なアドバイスを行っているからです」

「この会は目立つためにやっているのだと言われるけど、それは私が自分の子どもを救うため、結果的になっていることです」

「この会は……（なんたらかんたら）……」

「この会は……（うんぬんかんぬん）……」

「この会は………」

バトーさんは、この会の決まりごとなのか、スタンスなのか、規則集とでも言っていいのか、説明と言っていいのか、ずっと、延々とそうした機械的な羅列を三〇項目ぐらい続けた。でも、申し送り事項というか、注意事項がたくさんあるなら、何もマンツーマンで直に伝えなくても、あらかじめ紙に書いておくか、何かの印刷物でもいいではないか。そう思った。せっかく、直に会ったのなら、そこでしか話せないこともあるのだし。

結局、その手の規則のようなものの連続と、その説明と解説（とても難しくて、回りくどいお話だったので、その内容をよく覚えていない）だけで、三〇分が過ぎた。

⁂

ピザが届いた。彼は私に、「ピザ食べる？　遠慮なく、好きなだけ食べてもいいよ」と言った。

それで、八分の三を分けてもらって、おいしいピザを食べていると、バトーさんが突然、私に訊いた。

「あなた、日本人？」

私は答えた。

「はい、そうですけど」

「ほんとーーーーに、日本人？」

「はい、そうですけど、何か？」

「本当に、純粋な日本人？　本当に、本当に、日本人ですか？」

「はい、そうですけど」

バトーさんは、何度も、しつこく、しつこく、しつこく、その質問を繰り返した。

「本当に日本人ですか？　親族に外国の人がいるとか、どこか外国の血が混じっているということはありませんか？」

私は言った。

「おそらくたぶんそういうことはないと思います。ほぼ一〇〇パーセント日本人だと思います」

「本当に、本当に、日本人なんですね？」

「そうですよ。もし必要なら戸籍を持ってくることもできますよ。本当に、日本人ですから」

まあ私は障害のためなのか、それとも投薬の副作用のせいなのかはわからないが、滑舌が悪いので、発音のせいで外国人扱いされることは今までにもままあったのだが、まさか、不登校支援の支援者というか活動家から出自を尋ねられるとは夢にも思っていなかった。そういう活動というのは、たとえ国籍や出自がどうであれ、差別なく行うのが鉄則ではないか。

本当のことを言うと、父方の出身地は、その昔、半島からの陶工が多数、移り住んだ地だと聞いているから、知らずにそっちのほうの血筋を受け継いでいる可能性はある。でも系図というか記録は戦争のときに喪失したから詳しいことはわからない。

というか、私は、障害のせいなのかどうかはわからないものの、生まれつき気質があまり日本人的ではなく、そのためなのか日本の文化や自分の国の伝統をあまり大切にするでもなく、そのうえ、小学生のときにアカの先生が私を洗脳したときには、平気で天皇陛下のことをディスって、クラスメイトたちから、「こいつ、日本人じゃない！」「日本から出て行け！」と言われたこともあった。

例えばそういう、日本人らしくないことがあったとはいえ、もし仮に日本人ではないご先祖様がいたとしても、戸籍制度ができる前のとうの昔に帰化しているはずだし、〝純粋な〟日本人かということはともかく、戸籍は正真正銘の日本人だから、バトーさんのくどい質問に対しては、ひたすら「日本人です」と答え続けるしかなかった。

何で不登校問題の活動家が国籍や出自を問題にするのかがぜんぜんわからなかった。この問答だけで、さらに三〇分が経過。

バトーさんが、その答えにいったん納得すると、彼は、さらに突っ込んで尋ねてきた。

「日本のことは、好きですか？　この国を愛していますか？」

それは、私にとって、とても難しい質問だった。なぜなら、この日本という国は、私が幼稚園のときや、小学生、中学生、そして高校生に専門学校生と、（通信制高校という例外を除いて）ずっといじめで迫害してきたからだ。そして私は、いじめだらけの、いわば、いじめが文化ともいえるこの国を、どうしても心から愛することはできなかった。どちらかといえば、むしろ憎んでいたように思う。そもそも日本の国それ自体が、過去には東アジアの国々への忌まわしい残虐行為で、たくさんの人々を苦しめてきた、いじめ加害者だ。

このときの私は、まだ若くて世間知らずで未熟だったので、日本の良さというのがまだあまりよく見えていなくて、学校で習ってきたことや、先生から学んだことや、教科書に書かれていたことや、新聞で読んだことや、テレビで聞いたことなどを、鵜呑みにしていたように思う。

で、私は、おそらくは日本人であろうバトーさんから、はぶちょされたくなかったので、じっくり考えた後、

「はい。私はこの国を自分なりに愛しているつもりです」と答えておいた。

「自分なりに」というのは、そういった、この国の醜悪なところ、邪悪なところを糾《ただ》そうとずっと思っていたからなのであって、心から素直に自然にこの国を愛するといった類のものではなかったからだ。


そしてその後も質問のオンパレードだった。

「本籍地はどこ？」「お父さんはいくつ？　どんな仕事をしているの？　会社でどういうポジションだったの？」

「お母さんはいくつ？　出身地は？」「お父さん、お母さんにきょうだいは、いるの？」……などなど。

いろいろ訊かれたのだが、訊かれるままに、素直に、答えた。

私は、「どうしてそんなに質問をするのですか？」とバトーさんに尋ねた。すると彼は、「あなたのことをもっとよく知りたいと思っているからです」と、答えた。

本当は、この日は相談をしたかったのだが、結局、この日はバトーさんの話をずっと聞かされたのと、矢継ぎ早になされる身辺調査みたいな立ち入った質問に答えるのに終始し、私から相談というか話題を振ることはできなかった。

そういう意味では無駄足だったのかもしれないが、まあ、観測気球を飛ばしたようなものと思えばいいし、向

こうにしてもそれは同じだったのだろう。

私は「回り道の会」への入会の手続きをし、「回り道レポート」の定期購読の申し込みをし、今月分の会費を払った。

初夏でも夜の八時ともなると、辺り一面暗くなり、通勤客で電車も混雑するのだが、始発駅だったので座って帰ることができた。

⁂

自宅に帰ったら、いつもの《打ち込み》をやった。

今はDAW（デジタル・オーディオ・ワークステーション）と呼ばれている、当時それはDTM（デスクトップ・ミュージック）と呼ばれていて、機能的にもだいぶ異なり、音源もエフェクターもミキサーもレコーダーも、ハードウェアとして別途用意する必要があった。当時、それは世の中に出てきてまだ間もないもので、私は中古のパソコンやシンセサイザーなどを何とかやり繰りしながら作曲活動に勤しんでいた。

なぜ、打ち込みなのかというと、障害のために生楽器を扱うことが困難だったからだ。音楽と言うのはフィジカルなところが結構あって、どんなに練習しても、運動機能上の障害のために、健常者のように正確に細かいニュアンスを弾くことができなかった。とくに昨今は、治療のための投薬の副作用のせいで、なおのこと楽器を弾くのが困難になっていた。

音楽活動は私が生まれてから五番目ぐらいの夢だった。

最初の夢は《勤労者になる》ことで、生まれつきの障害を持つ私としては、普通の学校を出て、普通に大学を出て、企業に入り、社会人として職人または技術者として、ちゃんとした会社の正社員になることだったのだが、高校のときに今でいう不登校になることで、その夢は潰えてしまったのだった。

二番目の夢は、かつての私のような子どもたちを集めて、《学校に行けない人のための私塾》を作ることだったが、高校生のときにかかったカウンセラーたちから、その計画をケチョンケチョンに非難された。カウンセラーたちは私にこう言った。

「そんなの自分勝手な人を作るだけよ」

「すべての子どもがそのやり方には合わないと思う」と。(※『平行線』八九 - 九〇頁)

それで、彼女たちの意見や批判を受け容れた私は、《人道的に考えて》、その計画を諦めてしまったのだった。私のような者を救う仕事ということで、カウンセラーになる夢も並行してあって、そのため、このとき、古今東西のいろいろな占いを真剣に学んでもいたのだが、このときのカウンセラーたちの態度から、その夢は私にとってありえないこととなってしまったのだった。

四番目の夢は、視覚優位という自閉症の特性を生かしてデザインの仕事をしようと専門学校に入るのだが(※『平行線』一八五 - 二五三頁)、そこでの劣悪な人間関係や嫌がらせなどのために、やはり結局は諦めるしかなかった。というのも、入学早々、授業や実習で使う新品の高価な用具や画材をめちゃくちゃに破壊されたために、何かと緻密さや精巧さが要求されるグラフィックデザインの実習において、まともな作品制作を行うことができず、ちゃんとした成績を修めることができなかったからだった。

そのような折りに、たまたま雑誌に応募した自作の曲が、いわゆるビギナーズ・ラックというものなのか(※『平行線』二六六 - 二九六頁)、ＬＰと呼ばれる今でいうアナログ盤とＣＤに収録されて(当時はＣＤの規格が出たばかりだった)、人生の望みを懸けて、ここしばらくは作曲活動をしながら、試行錯誤的にあちこちにデモテープを送る日々が続いていた。

一見、いろいろ紆余曲折してきたように見えるかもしれない。でも、過去に諦めた夢や目標があったとしても、《社会参加する》という目標だけはずっと変わらずにあって、自分の意志という羅針盤《コンパス》は、ブレることなく常にその方向を指していた。

友達はこのとき誰もいなかったのだが、何とか世の中との接点を作ろうと、自分なりにこうしてやっていたつもりだった。もともと障害のせいで人間関係やコミュニケーションは大の苦手だったのだが、その手の支援者や活動家なら、そうした困難もわかってくれるのではないかと思って、仄《ほの》かな期待を懸けて、世の中と何らかの形で繋がるための接点、窓口、取っかかりとなってくれそうなところを、当時、無中で探していた。

それで、このころ有名だった（マスコミがそればっかりしか報道しないから、それしか知りようがなかった）教育問題のいろいろな関係者たちや活動家たちや支援者たちと繋がろうとしていたのだった。

当時、私の作った曲をバトーさんに送ったのには理由がある。というのも私は、自分の気持ちを言語化するのに、非常に困難を抱えていたからだ。

一般に、自閉症の人は、《人の気持ちがわからない》と言われているが、他人の気持ちなど以前に、そもそも自分の気持ちですら、あまりよくわかっていない。だから、嬉しいことがあっても、嫌なことがあっても、「いつもと違う感じ」「言葉にならない、ヘンな感じ」なのだ。

しかし、音楽でなら、自分の気持ちを自由に表現することができた。いわば、自分の言葉の代わりとして。

送った曲は、どれも学校問題やいじめ問題などに関する曲で、いじめられる側の気持ちを奏でた曲もあったし、逆にいじめる側の立場に立ってその主張を代弁した曲（「倫理的に問題がある」として周囲から大顰蹙を買ったこともある）もあれば、自殺未遂を図ったときの絶望を歌った曲もあった。

そういう、自分の魂の叫びともいえる音たちを入れたカセットテープを送ってみて、バトーさんの反応を待った。

当時、バトーさんが私の曲を聴いてくれただけでも、少なくともそのときは救われるような気がした。

自分流にいうなら「いつもと違うポジティブな感覚」がした。

バトーさんは言った。

「あなたは言葉の表現は苦手だけど、音楽での表現はできるのですね」

少なくともそこのところはバトーさんにわかってもらえたようだった。

後で気がついたことなのだが、カセットテープは差し上げるのではなく、お貸しするものであるということを伝えるのを、そのときはすっかり忘れていた。


私は再びバトーさんのオフィスを訪ねた。今度は事前にちゃんとアポを取ろうとして、駅を降りたところの公衆電話から電話した。すると、まるでカエルを踏み潰したような声の、ヤ○ザみたいな乱暴な物言いの、とても怒った男の人が出た。それで、なんかヤバいところに掛け間違えたのかな？と思って、慌てて電話を切った。そして番号をよく確かめながらもう一度、今度は慎重に掛け直したら、またさっきと同じ怖い人が出たので、私は勇気を出して、こう言った。

「もしもし、モリグチと言います。今、浅草の駅を降りたところです」

すると彼は声を和らげ、言った。

「ようこそ、よく来たね。すぐにいらっしゃい」

「じゅげむ」のオフィスの中に入ると、雑談の後にすぐに音楽の話になった。

どんな音楽が好きかという話題になったところで、私が、イージー・リスニングやクラシックが好きだと言ったら、彼は言った。

「チャイコフスキーの『悲愴』は、絶対に聴いてはいけません。あれを聴くと絶望的で悲しい思いになり、どん底の思いになり、積極的な思いになれません。悲しいときにこそ、明るく楽しく元気の出る曲を聴きましょう」

「明るく楽しく元気な曲というと、例えばマーチとか？」

「マーチは軍隊で使われる曲なので、平和的ではありませんし、軍国主義や国家主義を賛美する曲だらけなのでお勧めできません」

「じゃあ、どんな曲がいいんです？」

「明るく爽やかな曲がいいですね。いろいろありますが、例えば文部省唱歌みたいな、明るく朗らかなのとか」

少なくとも私なんかは、悲しいときにそういった校歌みたいな曲調の曲を聴いても、ただひたすら白々しくしか聴こえなくて、猛烈に悲しいときには、『悲愴』みたいな曲に浸って、涙を徹底的に出し切った後に爽やかになるというのもアリだと思った。というか、自分の感情に嘘を吐いてまで、自分の気持ちに逆らう曲は聴きたくはない。そもそも音楽を聴くときぐらい自由にさせてよ、とも思ったのだが、そこのところは人にもよると思ったから、一概にも言えないと思った。でも彼は言った。

「とにかく『悲愴』だけは聴いてはいけません。あの曲は落ち込みます。明るい気分になれないので、駄目な曲です。もちろん、聴いても駄目です」

私はその言葉を聞いて、内心、ふーんと思いながらも、何と言っていいのやら返事に困って、視線を落とし、ふと床に目をやると、「じゅげむ」のオフィスの床は乱雑で、いろいろなものが散乱していた。それらのガラクタに紛れて、先日バトーさんに送った私のオリジナル曲のカセットの黄色いジャケットが、透明のプラスティック・ケースから抜かれたままの状態で、そこら辺にテキトーに落ちていた。

なんか決まりが悪かった。なぜか恥ずかしかった。


でも私は切羽詰った思いだったので、とにかく一刻も早く相談したかった。それで、私が高校生だったときに遭遇した、酷いカウンセラー（※『平行線』七八 - 九八頁）について簡潔に言ってみた。すると彼は言った。

「実は、カウンセラーというのは、資格がなくても誰でもなれるものなんですよ。そこら辺の素人でも、カウンセラーと名乗れば、すぐにカウンセラーをやることはできます」

私にとっては、これまた「ふーん」な話だった。

実を言うと、ちょうどこの前年（一九八八年）に、臨床心理士の資格が誕生したばかりという時期だったのだが、今みたいにネットが普及した便利な時代ではないし、このときはまだ情報が入ってなくて、彼も私もまだそのことを知らなかった。


その他にも相談めいたことがあったので、言ってみた。

「あのー、私、鬱《うつ》というか、いつも元気というか、気力が出ないんですよね」

するとバトーさんは言った。

「気力というものは、出すものです。元気や気力というものは、自分で出そうとしないと、出てきません。気力が出ないのは、自分に甘えているからです」

私は言った。

「でも、どんなに努力しても、気力が出てこないんですよね」

するると彼は、「それは根性が足らないからです」と言った。そして彼は続けた。

「私はどんなときも根性で気力を出して頑張ってきた。あなたもそうできます」

「そうかなー？　私もだいぶ頑張ってきたつもりなんですけど」と私が言うと、彼は、「そうできないのは、頑張りの努力が足らないからです」と言って、こう続けた。

「私をよく見て」

言われた通りに私が彼を見ると、彼は上半身をストレッチさせながら言った。

「どう？　とても元気でしょ。私を見習って。そうすれば元気になれるから」

一応、バトーさんの名誉のために書いておくが、当時は今と違って、鬱の人に「頑張れ」とか「元気を出せ」とか言うのが当たり前の風潮で、マスコミも世論や一般市民の認識も含め、世の中の空気がそんな感じだった。

なので、バトーさんだけがとりわけそういう考えの持ち主というわけではなかったことをお断りしておきたい。

でも、そのころから私は、いじめに遭って壊れた人や鬱の人にそのように言うのは、なんか違うのではないか？と、世の中に異議申し立てをしていたのだが、それは当初、なかなか世の中に伝わっていかなかった。

⁂

あとは相談というか質問というか、私は言った。

「『回り道レポート』はまだ三冊しか読んでいないんですけど、少なくとも私が読ませていただいた限りでは、精神科における登校拒否の投薬治療の害についての記事がないのは、なぜなのですか？」

すると彼は言った。

「それは、私の子どもがそういう経験をしていないので、当事者の親としての声として書くことができないからです」そして彼はつけ加えた。「そのテーマについては、当会では扱いかねます」

「何とか、取り上げてくださることはできないのですか？」

「当事者ではないので、無理ですね」

それで私は言った。

「投薬治療の害を経験した人に取材なさって書いていただくことはできないのですか？　あるいはそうした声を載せてくださるとか」

「それは、当会のテーマというか、会の設立趣旨から外れるので、できません」

そして続けて彼は、「薬なんか、飲むの止めてしまいなさい」と言った。

私が、「これは医師の処方によるものだから、自分の意志で勝手に止めることはできない」と言うと、彼は、こう言った。

「医者の言うことなんて、従う必要はありません。どうして治療に頼るのですか？　自分の好きなように生きなさい」

それで私は、「治療に頼っているのではなく、薬は飲まなければならないから飲んでいるんです」と言った。するとバトーさんは言った。

「何で薬を飲まなければいけないのですか？」

「父親に、飲まなければいけないと命じられているからです。父親の命令に逆らうことはできません」そして私はつけ加えた。

「もともと身体が健全な人は、薬を飲む必要はないと思います。ですが、例えば私のように、生まれつき脳に障害がある人は、薬を飲まなければいけない場合もあると思いますが、その辺りはどうなのでしょうか？」

するとバトーさんは答えることができないまま、珍しく彼にしては押し黙ったので、私は言った。

「今の登校拒否の議論は、もともと元気で健康な人を対象としたもので、何等かの障害があって、普通学級に通って登校拒否になった人が置かれている立場は、放置されています。それについて貴会で取り上げてくださることはできないのでしょうか？」

すると、彼は言った。

「だからそれは、さっきも言ったけど、それは当会の趣旨から外れるんですよね。当会に何とかしてくれと言われても——」そして彼は続けた。

「はっきり言って、期待のし過ぎです。当会には、できることとできないことがあります。それをわかってください」さらに彼は続けた。

「それは、当会の守備範囲ではありません」

世の中では、「丈夫な人には医者はいらない」（※マタイ伝九章十二節）と言われたりもするが、例えば私のように生来の脳の問題があるとか、あるいは「いじめ」で精神を病んでしまったとか、人間が壊れてしまった場合は、専門家のサポートや介入が必要だと思うのだが、まだ当時はそういったものに対しては、いわゆる薬漬け治療しかなかった。だがそういった事例は、少なくとも自分の知る限りでは（この後で言及する「三〇代まで尾を引く登校拒否」の新聞記事（※一九八九年九月一六日付の朝日新聞夕刊）が出るまでは）、当時のマスメディアや民間の支援団体の間ではどこも取り上げてくれるところはなかったように思う。

さらには、今でいう不登校支援者からも、「病気で学校に行けないのは病欠だから登校拒否ではない」と言われていて、当時はそういった事例は彼らから排除されていた。

なので、もしどこにも居場所や相談の場がないのなら、バトーさんを見習って、自分で作るしかないのかな、と思った。

そのことを言ったら、彼はこう言った。

「あなたも自分のオフィスを作って、そこに名前をつけたほうがいいですよ」彼は続けた。

「私は自分のオフィスに『じゅげむジャパンインターナショナル』と名前をつけた。あなたも自分のオフィスを作って、そこに何か名前を考えて、そうしなさい」

名前を、ということだが、「じゅげむ（略）」みたいな大仰な長い名前がいいのかな。というか、名前を長くして、舌を噛みそうな呼称にしても、略称で呼ばれるだけなのだが。例えば、「じゅげむジャパンインターナショナル」なら「ＪＪＩ」とか。

その日は、本当はもっといろいろ話したはずなのだが、記憶に従い要約すれば、だいたいこんな感じの会話だった。

その間、例のイヌがずっと吠えていた。

⁂ ⁂ ⁂

最新号の「回り道レポート」が送られてきた。

この定期刊行物の主な記事は、毎月行われる定例会のテープ起こししたものを掲載するのが習わしだった。

今回の号では、私より五、六歳若いぐらいの、ある女性がフィーチャーされていた。

レポートに同封のバトーさんのメモ書きには、「定例会に参加しませんか?」というお誘いの言葉に加え、その人とお友達になりませんか? という意味のことが、別途、手書きメモが添えられてあり、その人――カモメさん(仮名)の連絡先が書かれていた。

バトーさんが、なぜ、彼女と私を引き合わせようとしたのか、その意図は今もってわからない。たぶん、年齢が近い同性だったからなのだと思う。でも、それ以外の理由は、さしてどこにも見当たらなかった。私は、その記事に掲載されたその人の発言や、レポートに掲載されたその人の書いた手紙の一部を読んでも、自分と趣味や感性もまったく違う、まるで接点のない異世界の人間だったので、私としてはそのまま放っておいた。

だが、しばらくすると、カモメさんのほうから私のところに手紙が来たのだった。手紙にはこうあった。

「初めまして。私はカモメと言います。回り道の会のバトーさんからモリグチさんのことを紹介され……(以下、略)

その手紙には、彼女が「同人コミケで手に入れた」、たくさんのカラフルな便箋が同封されていた。私はその印刷や紙の質感に見とれた。印刷は〝単色刷り〟のグラデーションだったり、紙もいろいろな特殊紙に印刷されていた。

私は彼女と何回か文通を余儀なくされた(詳細は彼女のプライバシー保護のため、割愛)のだが、手紙の内容以外にも、毎回、彼女が送ってくれるオリジナルの便箋と、そのイラストのタッチに見入るばかりだった。

文通を苦痛に感じたのは、彼女が悪いからでは決してない。投薬治療の重篤な副作用で、私のほうで手紙を書く気力すら湧かなかったのに加え、彼女のほうも、(おそらく)本当は辛いのに、無理に明るく振る舞っているのがバレバレだったからだ。

加えて、お互いに、水と油のように、共通点がまるでなかったのだった。


少なくともこのころの不登校には、本当は学校に行きたいのに、身体が言うことを効かなくなって学校に行けなくなるタイプと、最初から〝不良〟のサボりなどで自分の意志で学校に行かないタイプの二種類があり、彼女が後者で、私が前者だった。そして当時にあっては、後者は社会的注目を浴びていたものの、前者は当時まだほとんど世間で認識すらされていなかった。

少なくとも私は、障害を持つものとして、将来の社会参加の取っかかりが得られればと思い、この会に参加していたのだが、彼女のほうは障害者のショの字すら無縁で、そして、遊び人だった。

彼女は周囲から不良呼ばわりされ、「回り道レポート」に掲載された彼女の言葉を借りるなら、「先生から目をつけられて徹底的に嫌われて、学校を見限ってきた」とのことだった。どうやら彼女は芸能界とも通じているらしく、なんでも、あるドラマに出演した某俳優がそのとき身に着けていたアクセサリーは、実は彼女がプレゼントしたもの、とかだったり。

堅物な私は、本当のことを言えば、自閉症のことや、障害者一般についてや、社会参加のことや、障害を持った人の不登校のことや、いじめ問題のことや、投薬治療や医療の問題についてだとか、音楽のことや、聖書のことについて話のできる相手が欲しかったのだが、彼女はそうしたことを話題にできる人ではなかった。彼女がいつも明るい手紙を寄越すので、私も気力を振るい起こして、何とか明るい返事を書いた。

社会参加がしたいのに、これではさらに回り道だ。どんどん本流から外れていく。すでに迂回路の中にいるのに、さらに、その迂回路に嵌っていく。というか、河川が曲がりくねって、いつの間にか三日月湖とかになって流れから孤立したりとか嫌だ。いったい自分はどこに行くのだろう。

でも、後から思えば、芸能界に通じている彼女に、私のオリジナルソングを送ってみればよかったのだが。

⁂

そして私は「回り道の会第〇回定例会」に参加した。今となっては「第〇回」のところの具体的な数字が正確に思い出せないのだが、だいたい「17回」か「18回」か「19回」ぐらいだったと思う。

六月だったか七月だったか八月だったかのある日曜の朝に定例会が始まる予定で、任意参加で、そこで録音されたものが記事になるとのことだった。

私は世の中に向けて発言しようと思った内容の整理を、頭の中で始めていた。


予定の時刻の三〇分前に浅草の「じゅげむ」のオフィスに着くと、中には数人、参加者たちがいたが、すでに会は開始していた。ある不登校生の母親のモノローグが始まっていたからだ。

いわく、「高校生になる私の一人息子が学校に行かないで家を出て働いてばかりいるんですけど、どうすればいいんでしょうか？　ちゃんと学校に行ってもらうには、どうすればいいんでしょうか？　高校をちゃんと卒業してもらうには、どうすればいいんでしょうか？　世間的にどうすればいいのかわかりません。これから世の中から後ろ指を指されて日陰者として生きていかなくてはいけないのでしょうか？　本当に、どうすればいいのか、わかりません……」

それからも、そのおばさんの長い話が息を継ぐ間もなく延々と続くのだが、基本的には右記の繰り返しだ。とくに、「息子が学校に行かないで働いているのでとても困っていますが、どうすればいいんでしょうか？」のくだりを、何度も、何度も、リフレイン。

働く！

それは私の子ども時代からの夢だった。

ちゃんと学校を出て、社会性と協調性を身に着けて社会人となり、一人前の自立した勤労者になること。

ずっとそれが障害者の私にとっての目標だったのだが、この親の息子さんは、高校を通い終えることなく、すでに自立を果たしている。少なくとも病気と投薬の副作用のためにいつも家でダレている私にとって、それはとてつもなく有能で立派な生き方に見えたのだが、その親にとっては、酷い悩みの種だったらしい。

私は、おばさんの長い話をBGMにしながら、思った。何でこの人、要点をスパっと言えないんだろうか。発言したい人は他にもいる。でもこの人は他の人に話す暇も与えず、いつまでも話を独り占めしている。それで私が話を切って、「病気や薬の副作用のために働けなくて困っている人もいるんです」と言い終わらないうちに、そのおばさんは突然、激しい剣幕になってこう言った。

「そんなこと、どうだっていいでしょ！　大した問題ではないでしょ！」

⁂

おばさんの独壇場はそれからもずっと一時間ぐらいあって、やっと、終わったところだった。

本来なら、定例会は参加者の紹介が一通りあってから始まるものらしいのだが、今回の場合は、おばさんのフライングで、彼女のお話が終わってからなされることになった。

バトーさんは、皆に向けて言った。

「遅くなりましたけど、ここで参加者の紹介です。まずこの人は、バツタケメコさん（仮名）と言って、今までずっとお話していただいた通り、学校に行けない高校生の親です。そしてこの人はホゲタホゲミさん（仮名）と言って、福祉の仕事をしています。この人は人格的に立派で、とてもよくできた人です」

そして私の順番がやってきた。彼は言った。

「そして、この黒い服を着た人はモリグチナオミさんです。彼女は、いじめる人間です。そしてこの人はナンタラカンタさん（仮名）と言って……」

えっ、「いじめる人間」！？

バトーさんが言い間違えたのか、それとも聞き間違えたのかはわからないが、たしかに彼は、そう、言った。

今まで私はバトーさんへの手紙や彼に送った自作曲の中で、ずっといじめに関することを訴え続けていたのではなかったか？

私は混乱した。その場にいた人たちもずっと黙って、その「いじめる人間」という、私に関する説明を真面目に聞いていたようだった。

結局、その日の集会は、おばさんがずっと話していたのと、バトーさんの司会があっただけで、他の人はほとんど話すことができなかった。

集会が終わって、他の参加者たちが皆、帰ってから、バトーさんは私に注意した。

「あなた、人の話は折らないほうがいいですよ」彼は言った。

「あのおばさんは、今までずっと誰にも悩みを話せず、ずっと独りで耐えてきて、会に参加することで、やっとご自分の思いを声にすることができたんですよ。その、せっかく話してくれている真っ最中に、人の気持ちも考えないで、話を折るなんて、そこのところがわからないのですか？」

でもそれは私も同じだ。私もまた、今までに経験した、いじめのこと、学校のこと、不登校のこと、カウンセラーから酷いことを言われたこと、そして薬漬けの治療のことなどについて、どこかに話すことができて、肩の荷を下ろせる場所を探している。

それで私はバトーさんにそのことを言おうとして、息を吸い込んだ。

するとバトーさんは、その言おうとする私の声を押さえつけて、大きな声で、こう、言った。

「あなたには、あの人の心の涙が見えないのですか！」


帰りの電車の中で、私は怒り心頭だった。そして考えた。

私は、物心ついてから、ずっと母親から、「どんなことがあっても、他害しないこと」と言われながら育ってきた。今まで私は、パニックのときを除いて、いじめられても、やり返さずに、黙ってずっとじっと耐えてきたつもりだった。いくら酷いことをされても、ずっと我慢して、サンドバッグになってきたはずだった。

でも、バトーさんのその言葉で、それらを証明するものは、今や、どこにもないことに気づかされた。つまり結局、それはただの自己満足に過ぎなかったということなのだろうか？　頑張って耐え続けても、どっちみち「いじめる人間」とみなされるのであれば、黙って我慢なんかしていないで、椅子ぐらいぶん投げていてもよかったかも。

集会での話はこの後、テープ起こしされて、次回予定の「回り道レポート」に載ると聞いている。

どうしよう。皆の前で「いじめる人間」と紹介されたことも載って、印刷物になって配布されるのだろうか？

不安だったので、集会から数日後、バトーさんに電話した。そして言った。

「あのー、あのとき、私のことを『いじめる人間』と、参加者たちに紹介したことですけど……」

するとバトーさんは、私の質問を途中で遮って言った。

「あれは、ジョーク、ジョーク」

「そうなんですか……。でもジョークなら周りの人たちはそれを受けて笑うはずですよね。なぜ誰もそのとき笑ってなかったんでしょうか?」

「それはジョークが理解できないからです。あなたもそうですが、ジョークを理解できない人は、ホント、困りますね」

「そうなんですか……」と私は言ってみたものの、正直、どこがジョークなのかまるで理解できなかった。彼は言った。

「あれはジョークなんだから、気にしない、気にしない。だいたいあなた、細かいことを気にし過ぎますよ」

話の要点がズレてきたので、本題を言ってみた。

「で、『いじめる人間』というのはレポートに載るんですよね。参加者のおばさんが私に言った、『そんなこと、どうでもいいじゃないの!』って発言もそのまま載るんですよね?」

するとバトーさんは、突然、声を荒らげ、こう怒鳴った。

「私が、そんなこと、書くと思ってるんですか!」彼の怒号が続いた。

「私が、人を中傷することを、書くと思ってるんですか!」

あ、この人、あのとき私に言ったのは中傷なのだと、ちゃんと、わかっていると思ったので、言った。

「でも、バトーさんは参加者の皆の前で私のことを『いじめる人間』だと……」

そう、言いかけたら、彼は言った。

「だから、あれはジョークだと言ってるでしょうが。あなたもホントに物わかりの悪い人ですね」

私が唖然としていると、彼はなおも怒って言った。

「何度、同じことを言わせるの？　どうして私のことを、信じないのですか！」

「だって、会合での発言は全部、正確に逐一、テープ起こしされて載るんでしょ？」

すると、彼は言った。

「そんなことはありません。編集が入りますから」

私は尋ねた。

「どんな編集なんです？」

「それはあなたが立ち入ることではありません。私の裁量です」

彼は吐き捨てた。

⁂

なんか気まずくなってきたので、少し話題を変えてみようとして、私は言った。

「あのとき、おばさんばかりが延々と喋ってましたけど、おばさんの声しか取り上げられない訳ですか？　あのとき、集まってはいたけれど発言できなかった人は、いつ、どのように発言すればいいんですか？」

ここで、バトーさんは、意外なことを口にした。

「じゃあ、あなた、うちに原稿、書きませんか？」

「えっ」

私は驚いた。そして言った。

「書いても、いいんですか？」

彼は言った。

「ぜひうちの通信に書いていただくことはできませんか？」

それで私は思わず即座に言った。

「はい、喜んでそのようにさせていただきます」

彼は言った。

「当事者にしか書けないことを書いて欲しいんです。私は親の立場なので親の視点からしか書けないのでね。当事者の視点で、当事者にしか書けないことを書いてください」

「どのような内容で書かせていただければ宜しいのでしょうか？」

「当事者の立場から教育問題や学校のことや登校拒否の範疇《はんちゅう》であれば、どんなテーマでも構いません。思ったことを自由に書いてください。ただし、自由にとはいっても、締切と字数制限はあります。○月○日までに、一千字でお願いできます？」

私は大きな声で言った。

「はい！」

まるで富士山の天辺に登るほど、それは嬉しい出来事だった。

生まれて初めての原稿の依頼だ。

私が初めて世の中に声を上げようと試みてから、十四年が経っていた。それまでは、どんなに声を上げても、どんなに投書しても、ボツ続きだった。それがようやく、日の目を見ようとしている！


どんなテーマで書こうか？

私が障害を持って生まれたことについても書きたい。

自閉症が〝親の育て方〟のせいにされ、世の中から誤解されていることについても書きたい。

普通学級でずっと学んできたことについても書きたい。

私のような軽度の自閉症の人が学ぶための制度がない（※当時）ことについても書きたい。

友達作りに苦労してきたことについても書きたい。

学校生活で絶えず協調性なるものを強要され続けたことについても書きたい。

ずっといじめに遭ってきたことについても書きたい。

カリキュラムについていけなかったことについても書きたい。とりわけ、障害がある人の体育の授業についても書きたい。

力尽きて学校に行けなくなったことについても書きたい。

大検（※旧大学入学資格検定、現在の高卒認定試験）を巡る制度上の問題についても書きたい。

カウンセラーから酷いことを言われたことについても書きたい。

いじめの二次障害についても書きたい。

投薬治療のデメリットについても書きたい。

私のような者の相談の場がないことについても書きたい。

私のような者の就業の場がないことや、就業を助けてくれる支援者がいないことについても書きたい。

母親が病気がちで、すでに両親が高齢のため、自立のための時間が、もうあまり残されていないことについても書きたい。


あるいは、学校の管理教育が軍隊に似ていることについても書こうか？

私がそれについていけなかったことについても書いたほうがいいだろうか？

厳しくて無理解な先生のことについても書いたほうがいいだろうか？

それともいっそのこと、いじめの個々の出来事について、具体的に詳細に書いたほうがいいだろうか？


不登校のことだとか、今でいう《ひきこもり》についてのことだとか、その他にも書きたかったことはあったのだが、それらは次のネタに取っておいた。

あるいは、ここは親の会なのだから、親の立場に立って、自閉症者の親が不当に悪く言われていることについても書いたほうがいいだろうか？　〝育て方が悪い〟などとして、母親が徹底的に世の中から非難され、攻撃され続けてきたこと（そしてそのストレスで病気になってしまったこと）についても書いたほうがいいだろうか？

悪いのは私の頭のほうなのに。

世の親と比べるなら、私の母親は神様だ。


――と、書きたい項目の列挙だけで、もう八百字になってしまった。

こうやって並べてみると、私のこれまでの人生は、日本の教育問題の凝縮なのだな、と思った。

いっそのこと、箇条書きだけで書こうかな、とも思ったが、それだとその都度、改行しなければいけないし、それだとせっかく与えられた字数を無駄にしてしまうことになると思ったし、そもそもそれでは論や意見にならないし、本当のことを言えば、本をまるごと一冊書きたい。バトーさんも本業はライターみたいだし著書もあるから、ここで認められれば、もしかしたら、そのための道を繋いでくれるかもしれない。

私は書く内容を絞り込もうとした。

これは初心に立ち返って、中学生のときに初めて声を上げたときと同じ、いじめ問題について書こうと思った。それで私は、躊躇《ためら》わずにテーマにはいじめ問題を中心に据えた。

私は、当時、まだ買ったばかりのワープロで、こういう原稿を書いた（※元の原稿は喪失しているため、今回、本書のために新たに書き下ろしました）。

> 「友達」
>
> 義務教育期間中、先生たちはずっと私に、「友達を作りなさい」と絶えず言い続けてきた。だが、自閉症の私にとって、学校生活における友達作りは至難の業だった。というのも、だいたいのパターンというのが決まっていて、何とか努力して友達を作ったとしても、わずか数日もすると、その友達は、必ず決まって、ある特定のいじめ加害者と仲良くなっていたからである。どの人も、どの人も、私がその人と仲良くなった翌日には、その人は必ずいじめ加害者と仲良くなっていた。そしてその人は、そのいじめ加害者と一緒になって私をいじめた。そんないじめ加害者と仲良くするような人物とは、私としても最初から仲良くするのは御免だから、あらかじめ、例のそのいじめ加害者と繋がっていない人を探して

友達になろうとするのだが、それでも、その人と繋がってしばらくすると、やはり、その人は、そのいじめ加害者と親しくしている。

世の中には、自分の能力を超えたこと、自分の力ではどうにもならないことというのがあって、それを先生たちは生徒である私に期待しないで欲しいと思う。私が他の人といくら友達になろうと努力しても、その人が私と友達になるかどうかは、その人次第なのである。その人の感性や好き嫌いの領域は、私には立ち入れないこと、立ち入ってはいけないことなのであって、もしそうすることがあったなら、その人の自主性や主体性や自由意志を侵害することになるのである。あのキリストですら、一部の人たちからは蛇蝎のごとく嫌われたのであるから、一般人である私たちはなおのことである。

先生たちは「皆と仲良くすること」を強いるが、そうした圧力が、いじめの温床になっている。友達作りといじめは密接に繋がっていて、学校生活という狭い世界の中の限られた私の経験で言う限りでは、人と仲良くしようとする努力が、結局はいじめる人間を増やすことになってきたのである。したがって、学校では、友達作りを強要することは止めるべきだと思う。

友達を作るということは、いわば敵を作ることであり、いじめのための燃料を相手に補充しているに過ぎない。それは非生産的なこと、非建設的、非創造的なことであり、いくら積んでも、たちどころに崩されていく賽《さい》の河原のようなものであり、自分が落ちるための坑をわざわざ自ら掘り抜くようなものである。学校は、そうした《不毛》なことを強要される、地獄のような場所なのである。

私はバトーさんの好意に報いようと、心を籠《こ》めて原稿を書き上げた。

ところで締切まで、あと一日しかなかった。

郵送では間に合わないと思ったので、バトーさんにアポを取った後、当時の私の自宅から四キロほど南にある、バトーさんの自宅まで自転車を走らせることにした。

ある夏の晴天の日、バトーさんの自宅がある大規模団地に差しかかると、小さな遊び場の一角があった。そこにはかつて私が幼いころに似たような規格の団地に住んでいたときに遊んでいた、丸だの三角だの四角といった、いろいろな大きさのカラフルな穴の空いた、コンクリートのオブジェ（※『変光星』一四‐一五頁）があった。

昭和三〇年代後半に竣工されたその団地は、当時は「東洋一の団地」と呼ばれ、今日の集合住宅みたいにギチギチに詰め込むのではなく、都市計画を基に、いわば緑地の中にゆとりを持って建てられていた、まるで公園のような場所だった。団地の中央には大きな道路が貫いており、その両側には広やかな歩道と、樹齢四十年はありそうな、立派な街路樹があった。

そこを通り抜けて指定された区画に入ると、バトーさんの自宅のある棟があった。私は階段を昇ってチャイムを押すと、バトーさんの奥様が出迎えてくれた。私は言った。

「初めまして、モリグチと言います。ご主人に『回り道の会』のレポートの原稿を届けに来ました」

すると彼女は言った。

「暑いでしょう。何かお飲みになる？」

それで私は牛乳をお願いして、出されたコップ一杯を飲み干した。そしてお礼を言った後に、私は言った。

「すみませんが、とてつもなく喉が乾いているので、もう一杯、お願いしても宜しいでしょうか？」

そして、その奥さんと少し会話をした。彼女は、「あの人はいつもあんな感じですけど、私はどんなことがあっても、あの人について行きます」と、とても控えめに言った。

それは良妻賢母と言っていいのか、一昔前の女性の理想とされる、妻たる女性の鑑のような人だった。

私は、「ご主人には大変お世話様になっております」と言った後、例の原稿を奥さんに提出して、帰宅した。

⁂ ⁂ ⁂

すると数日後、バトーさんから私のところに電話があった。彼は言った。

「先日、頂いた原稿のことですが――」

そして彼は少し間を置いた後、とても大きな声で怒鳴った。

「暗い！」彼は続けた。

「暗過ぎます。あまりにも暗過ぎるので、この原稿は使えません」

私が、「そうですか……」と言うか言わないうちに、彼は私を叱って、こう言った。

「あのね、うちの会は『明るく・楽しく』をモットーにやっている会なんです。ですので、この原稿は当会の趣旨に合いません。いくらなんでも暗過ぎます。もっと明るく書けないのですか？」

私が、「じゃあどうすればいいんですか？」と言うと、彼は言った。

「何もしなくていいです。穴が空いた分は私が急遽、書いておきます。とにかくあの原稿は使えません」

思わず私は言った（いつもの脊髄反射だったのかもしれない）。

「それはどうもすみませんでした。使えない原稿をお渡ししてしまい、ご迷惑をおかけしたことを心からお詫び申し上げます」

すると、バトーさんは、さらに怒って言った。

「何ですか、その言い方は！　まるで私を責めている言い方ではありませんか！」

「責めてなんかいません。私が悪いと素直に思ったから謝ったまでです。もし謝り方が悪いのなら、そのことで謝りますから」

すると、バトーさんはなおのこと語気を荒らげ、こう言った。

「そんなの、謝ったうちに入りません！　あなた、私を責めています！　そうでしょ！　そうでしょ！」

そして彼は機関銃のように、なおも続けた。

「そのように言われると、私はあなたから、責められているように感じます！　あなた、私のことを責めて、何とも思わないのですか？」

こうなると、もはや、私の話す暇はなかった。バトーさんはさらにこう続けた。

「あなたがいじめられたのは、あなたがいつも、そんなふうだからではないのですか？」

彼がそう言った後、電話の中でしばらく、沈黙が流れた。

私が何か言おうとして息を吸い込むと、彼はそれを押さえつけて、その同じフレーズを繰り返した。〝大事なことなので二度言いました〟というわけだ。

「あなたがいじめられたのは、あなたがいつも、そ・ん・な・ふ・うだからではないのですか？」

再びの沈黙ののち、彼はこう続けた。

「私はあなたに教えてあげます。いじめのことを書くのはいじめです。いじめのことを話題にするのはいじめです。いじめについて相談するのはいじめです。いじめのことを第三者に言うのはいじめです。あなたの言っていること、書いていることは、いつも、いじめいじめいじめいじめで、他の話題がぜんぜんないではありませんか！　もっと他の明るく楽しい話題！」

「じゃあ、いじめの話題は、もう金輪際、書きませんから」私がそう言いかけると、彼は言った。

「あなたねえ、『金輪際』とか、そういうことじゃないの。そんな極端なことを言って、困りましたね。マルかバツかじゃないんです。白か黒かと決めつけることは良くないことです」そして彼は言った。

彼は続けた。

「とにかくうちは、明るく楽しく会を運営するのが方針なんです。暗い話題は不適切です。わかる？」

「明るく、楽しく。わかる？　私がこの会でやっているのはエンターテインメントなんです。あなたの話はいつも暗くて落ち込むし、あなたは原稿を通して読者をいじめようとしたんです。わかります？」

「いじめてなんかいません！」

「いや、今まさにあなたは、私のことをいじめてるではないですか！　そうでしょ、そうでしょ！」

そして彼はさらに捲し立てた。

「やはりあなたはいじめる人間でしたね。そうでしょ、そうでしょ、そうでしょ！」

「私は今までの学校生活で一度も人をいじめたことはありません！」

「私はその場にいなかったので、わっかりまっせーん」

彼は、最後の「せーん」を、フランス語にあるような鼻母音で言った。私が唖然としていると、彼は同じことを繰り返した。

「私はその場にいなかったので、わっかりまっせーん（鼻声）」

さらに彼は三度も口にした。

「私はその場に居合わせなかったので、その件についてはまったくわからないし、一切コメントできまっっっせーーーん（鼻声）」

しばらくお互いに沈黙したあと、私は何か言おうとしたのだが、彼はそれを制止してこう言った。

「あなたのような当事者に書く場を与えたら、こんなことになって。当事者に発言させようとしたのが、間違いでした。私、謝ります」

そして彼は私の言葉を抑えて、言った。

「もう、止めましょう」

しばらく沈黙した。そして私が何か言おうとしたら、また彼はそれを止めて、言った。

「もう、止めましょう」

またしばらくの間沈黙した。その後、私が言おうとしたら、また彼は私の言葉を塞いで言った。

「もう、止めましょう」

彼は同じようにして、私が何か言おうとするたびに、その都度それを抑えつけたうえで、「もう、止めましょう」を、あと十回ぐらい繰り返した。その後、彼はこう言った。

「もう、止めましょう。不愉快です。このままあなたとお話しても、不毛ですから」

私は電話を切った。

実際はこの十倍ぐらい、酷いやりとりだったはずなのだが、何せ三〇年も昔のことなので、忘却の彼方に沈んでいたりする。

私はバトーさんがくどいほど繰り返した、「もう、止めましょう」の意味について考えた。「自閉症の人は空気が読めない」と、かねてから言われているが（一時期「ＫＹ」と言われていたところの、あれだ）、私もまたその例に漏れず、省略された物言いにとても戸惑っていた。

実を言うと、バトーさんがそのように言ったとき、私は質問をしようとしていたのだ。

その「もう、止めましょう」というのは、そのとき話していた会話というか喧嘩を止めるという意味だったのか？

それとも、原稿を書かせていただく話を「もう、止める」ということだったのか？

それとも、この会を「もう、辞める」という意味だったのか？

それとも、生きるのを「もう、止めましょう」ということだったのか？

もしあのときの会話を止めるという意味だと仮定すれば、あの会話はバトーさんが主導権を取って、彼が言いたいことをほとんど一方的に喋っていて、私のほうからはほとんど何も言わせてもらえない状態だったから、それはアンフェアなことだ。バトーさんのような、テレビに何度も出演するような立派な人が、そのような不公正なことをやらかすはずがないと思ったから、その可能性はない、と思った。

となると、あとは、私が「回り道レポート」における原稿の執筆を止めるか、私が「回り道の会」を辞めるか、あるいは生きるのを止めるか、のいずれかの線だと思って、よく考えたが、結局はよくわからなかった。

その他、「明るく・楽しく」の意味についても考えたのだが、こちらも同様、やはり、よくわからなかった。

「回り道レポート」の最新号が来た。そこには、バトーさんの電話での発言とはまったく異なる、まるで別人のような立派なご高説ばかりが並んでいた。

私は手元にある最新号の「回り道レポート」を見ながら、思ったり、考えたりした。レポートに載ったものは、編集が入りまくりで、あのときの集まりとは、ぜんぜん違う別物に成り果てていた。まず、長さは全体の五分の一だかに圧縮されているし、参加者の発言ごとにバトーさんの長いコメントや〝説明〟が入るし、その集会の記事は、実質、参加者たちを出汁《だし》にした、バトーさんの意見だった。

参加者は、レポートの中では名前や仮名ではなく記号になっていた。

長い演説をやっていたおばさんはAさん、そして私はBさん。

結局、私がおばさんから言われた、「そんなこと、どうだっていいでしょ！　大した問題ではないでしょ！」という発言は削除されていた。

私は「回り道レポート」最新号が届いたことでバトーさんに電話した。

私がお礼を言うと、彼は言った。

「あなたはBさん。Bで始まる音楽家には優れた人が多いですね。バッハ、ベートーベン、ブラームス、ビートルズ。素敵でしょ」

それで私はBの字のフォネティックコードで言った。

「ブラボー」

「回り道レポート」は定例会のところを除けば、全部、バトーさんの意見であり、説であり、論だった。なんでも彼の説に従えば、「体験談は参考にならないので救いにはならない」とのことらしくて、それでなのか、体験的な記述は一切、載ることはなかった。

そういえば、いつぞや「回り道レポート」に載ったカモメさんの手紙も（私信を出版物に載せていいのかという問題はあるのだが）、冒頭の定句と挨拶と、末尾の定句と結びの言葉が載っているだけで、かんじんの、ともいうべき本題のコンテンツは、ざっくり削除されていた。

「回り道レポート」を読んでいると、ときどき、おかしなことに気づく。例えば、「〇×式《マルバツ》は間違い」「黒か白かと決めつけるのは間違っている。グレーが正しい」というもの。「～は間違い」「～は正しい」と断じることこそ、「〇×式」であり、黒か白かの思考パターンそのものだと思うのだが、バトーさんはそこまでは気がついていないようだった。だから彼のレポートを読んでも、例えばそういう類の矛盾が随所にあるから、全体として、何を言ってるのかわからない。というか、私の理解の能力を超えていることが多々あった。

また、彼はレポートに登場する人物の個々のライフスタイルにも「〇×式」を当てはめた。要はちゃんと社会参加しなさいというわけだ。そういうわけで、彼にとっては、ずっとひきこもっていたり、社会参加できない事例は「×」だった。そして、その両方の条件を満たす私も、この会にあっては、「×」だったということだった。

⁂

「回り道の会」に入会してからこれまで、バトーさんから紹介されたカモメさんとずっと文通をしていた。

でも、価値観といい、趣味といい、共通点がまるでないことに加え、彼女が淫乱でインモラルなことを毎回、平気で書いてくるので、それは私にとって嫌悪すらもたらすものとなった。なので、相手に合わせ、阿《おもね》るだけでも、それは辛い文通だった。まあ異世界を知る、というか、自分とまったく異なるタイプの人間がいるということを知る意味では、それでもよかったのかもしれないが、これが現実の人間関係だったら、絶対に私の友達にはしないような人だった。

そんな彼女から、ある日、こっそり内緒に打ち明けられたことがある。

要約すれば、相談があるから引き受けてくれるか？という、質問の手紙だった。

でも、人生相談といっても、いろいろある。学校の問題。仕事の問題。家庭の問題。友達の問題。男女間の問題。経済的な問題。失業の問題。病気の問題。死別の問題――。相談を引き受けられるかどうかは、その内容による。でも彼女の相談がどれに該当するのかもわからなかった。

何というか、自分が溺れかけているのに、別の溺れている人を助けなければいけないらしい。「盲人が盲人の道案内をすれば、二人とも穴に落ちてしまう」と聖書（※マタイ伝一五章一四節）に書かれているところの、それだ。

でも一応、私は聖書を多少は齧っているから、もしかしたら、何らかのお役には立てるかもしれない、とは思った。登校拒否の問題で集まってくる人だから、学校や教育問題の相談だろうと根拠もなく勝手に当たりをつけておいた。それで、彼女への手紙にこういう趣旨のことを書いた（※本書「おわりに」二二七頁参照）。

> 私はまだ若く、あまり人生経験はありませんが、学校問題、教育問題、いじめ問題、社会問題、人権問題、および障害者にまつわることなら、当事者また経験者の立場から、私なりに考えて返信を差し上げることはできます。
> ただし、恋愛や男女関係の相談は、私には自閉症という生まれつきの障害があるため、からきしわからないので、他を当たっていただけると助かります。

数日後、バトーさんから連絡があった。

「話は聞きました」彼は続けた。

「あなた、深刻な悩みのある人の相談を、頭ごなしに断ったそうではないですか？」

「えっ？」私は驚いた。

――完全に彼は誤解している。そんなんじゃない――と言おうとしたのだが、私が言おうとする言葉を、彼は遮って、言った。

「人間のすることではありませんね。苦しんでいる人を突き放すなんて」そして彼はなおも続けた。

「普通はねえ、悩んで困っている人がいたら、最低でも話を聞いてあげるものですよ。でも、何ですか、あなたは。『からきしわからない』だの『他を当たってください』って。酷過ぎます。あまりにも酷過ぎます。あなたには人の心がないのですか？」

そう言われても、わからないものは、わからない。

健常者には普通に持っているものが、障害のせいで、生まれつき欠落している。

私には男女間の感情なんてわからないし、何とか理解しようとして恋愛小説や官能小説を読もうとしたこともあったものの、初っ端から意味不明で読めなかった過去もある。その、たまたま生まれつき欠落しているところだけを狙ってピンポイントで糾弾されても、どうしようもないものは、どうしようもない。

私は言った。

「相談なら、バトーさんが引き受けてくださればよかったではないですか。私も相談がしたくて、『回り道の会』

に来たんです」

　すると、彼は言った。

「あのね、ここは『親の会』なんです。親の立場の方からのご相談は受け容れますけど、当事者ご本人からの相談は受けていません。当事者のことは、当事者同士で、何とかしてください」

　ちなみに当時はまだ、登校拒否（不登校）にせよ、ひきこもりにせよ、今でいう発達障害にせよ、当事者の会みたいなものは、少なくとも私の知る限り、日本中を見渡しても、どこにもなかった。私は言った。

「だからといって、無理なことを押しつけなくてもいいと思うのですが」

「それはモリグチさんも同じではないですか。当会にできないことを期待しています。はっきり言って、期待のし過ぎです」そして彼は続けた。

「期待のし過ぎ。わかる？　あなたは期待のし過ぎなんです」そしてさらに彼は言った。

「ここは親の会なのに、百歩譲って、あなたたちのような当事者たちを受け容れたら、こんなことになって」

　そして彼はこうも言った。

「あのね、私は親の立場なの。私のような五十五歳の人間と、あなたのような二十歳ちょいの人間とで――」

　私はその後に続く言葉を待った。でも彼は続くはずの文言を言わなかった。言わなかったとすれば、これは日本語として不完全な文形だ。何を言わんとしてるのかわからない。

　五十五歳だから何なのか。二〇歳ちょいだから何なのか。そこのところが釈然としない。

　もしかして、この人、ちょうど半分コ、と、言いたかったのだろうか？　半分コだから何なのか、謎は深まるばかり。

　なので、「それってどういう意味なんですか？」と質問しようとしたのだが、バトーさんはいつものように、私の言葉の上に被せてモノを言ってきて、それを許さなかった。

で、バトーさんからそのように言われ続けて、本当は泣きたかったのだが、この会では「明るく・楽しく」が会是みたいだから、私もそれに従って、涙を堪え、努めて明るく振る舞おうと努力していた。しかし今回はそれがバトーさんの気に障ったらしく、彼はこう言った。

「私がこんなに惨めな思いをしているのに、何であなたはそんなに明るく振る舞っていられるのですか！」

「だって、バトーさんはこの会は明るく楽しく（やっていくものだっておっしゃったじゃないですか）」

丸括弧の部分は言おうとしたが、バトーさんが途中で口を挟んだので、言えなかった部分だ。彼は言った。

「ケース・バイ・ケースでしょうが！　あなたそんなこともわからないの？」

「はい、わかりません。私はどんなときでも明るく楽しく振る舞おうと思います」

「あなた、人を怒らせといて、よくそんなことが言えますね」

「怒ってるの？」

「今、何て言いました？」

「怒ってるのかと訊いたんです。なんか語調がすごく荒々しいので」

「そりゃ怒るでしょうが！　だいたいそんな質問することが非常識です！　誰でも怒ります！」

そしてその後も、バトーさんからの説教だか罵倒だか怒号だかが延々と続いた。

⁂　⁂　⁂

——何でこんなにケチョンケチョンに言われなければいけないんだろう——

これはおよそクリスチャンらしくない発言（今現在の信仰で言っているのではなく、当時の思考を言語化しているだけなので悪しからず）なのだが、もし人に〝前世〟なるものがあるとすれば、私は〝過去世〟できっと、悩んで苦しんで助けを求めている人を言葉で苦しめて、いたぶってきたに違いない。でもその一方で、ここ「回り道の会」みたいな、悩んで困っている人に罵詈雑言を浴びせる支援者を見て見ぬ振りをして放置したならば、それはそれで私の新たな〝業《カルマ》〟になると思った。

このとき、何とかしなければいけないと思ったのは、私のような自閉症者は（人にもよるが）、言われたことを無意識的に真似てしまう傾向があるからだった。遅延エコラリアとして知られるその現象は、例えば今回のバトーさんのような立派な人というか、世間で認められた人から酷い言葉を浴びせられたら、今度はその酷いことを、まったく意図せずに、期せずして、何かの拍子に私もまた言い兼ねないことになる。それはつまり、私が加害者になることで、新たな被害者が増え続けるということだ。

となれば、悪影響を受ける場所や、悪い言霊を放つ人から離れるしかないな、と思った。

バトーさんの激しい物言いは私個人に対してのみなのか、それとも他の人にもいつもこんなふうだったのかはわからないが、だいたいこの時代のこのぐらいの年齢の中年の男性はスパルタ式教育で育っているために、穏やかな態度や物言いというのができないものらしい。それは先日世間を賑わせた、例のヨットスクール（※戸塚ヨットスクール事件（～一九八三）。当時、情緒障害児へのスパルタ式訓練で知られ、複数の犠牲者を出した）のような物理的暴力にせよ、あるいはこの「回り道の会」のような精神的暴力にせよ、今で言う不登校支援者の存在がまだ目新しく、またその数が非常に限られていた当時にあっては、淘汰を経ていない分だけ、ある程度は（それらの是非は別にしても）仕方のなかったところはあると思う。

で、そうした民間団体というか、今でいうＮＰＯは、当時はまだ珍しかったから、何度もマスコミに登場し、繰り返しテレビでも好意的に取り上げられた。だから私はこの会から何を言われても、マスコミの報道や番組を信頼していたので、この会のことをずっと信じていた。

でも、この私がこの会に入会した前後から、そうした新聞やテレビなどのマスコミも、「回り道の会」を急に取り上げなくなった。それもそのはずで、あるときを切っかけに、主宰者のバトーさんが、突然、「マスコミお断り」の看板を掲げたからだ。

なんでも、彼の言い分によれば、「私が体を張って、傍若無人のマスコミから参加者を守っている」とのことだった。私は、マスコミとコンタクトを取りたいから、彼らと繋がっている会と繋がろうと努力していたのだが、そのかんじんの「回り道の会」が彼らを拒絶するのなら、これ以上この会に居続ける意味はない、と思った。

バトーさんも、「もう、止めましょう」と、何度も言ってなかったか？

　　　　　　　　　　　　　　　　　　　　⁂

私はそれまでにも新しい「回り道レポート」が届く度に、自発的また自主的に感想を書いて、バトーさんに送っていたのだが、矛盾に遭遇する度に、感想に何と書いてよいかわからず、結局、書きかけた感想を保留にして、出せなくなることが多くなっていた。

加えて、ここのところ、バトーさんに電話で罵倒されてばかりで、感想を書くのが、心理的にもかなり難しくなっていた。電話でのバトーさんの生の荒々しい怒号と、レポートでの正論の美辞麗句の整合性を取るのが、私の頭の中で難儀していたのだった。

それでも何とか感想を書こうと試みるべく、初心に帰ろうと思って、最初に送られてきた「第○号」（数字は失念、だいたい第16号ぐらいだったかな）の、「A君への追悼」というサブタイトルの特集を読み返したときのことだった。

ふと、こういう文面が目に飛び込んできた。

> ある日、A君は深夜に、突然、私のところに電話を掛けてきた。
> それで私は、「何でこんな時間に電話を掛けてきたんだ？」と彼に言って、しばらくの間、説教した。
> その翌日の早朝にA君が自殺したということを聞かされたのは、それから数日が経ってのことだった。
> 彼の自殺については、あのときの私の電話対応にも、いくらかの問題があったかもしれないだろう。

その記述は、バトーさんの世の中への激しい糾弾の文言に紛れて、誌面の片隅にほんの数行しか書かれていなかった。そして私は今までずっとそれを読み落としていた。もっと早く気がつくべきだったのかもしれないが。

その文面では、彼がどのようにA君を「説教」したのかについては、具体的に何も書かれていないから、類推するしかなかった。だがその類推は、今までバトーさんが私に言い放ってきたことに基づいたことは言うまでもない。

——もはや感想を書いている場合ではない。それどころか、この会に籍を置いているだけでも共犯だ。

なんか、弔いのつもりで全身黒づくめの恰好で、糞真面目に「回り道の会」に参加した私のことが、心底、馬鹿らしくなった。

自分の愚かさ加減が、とことん可笑しくなって、苦い笑いが止まらなくなった。

殺人者本人の目の前で、その手に掛かって亡くなった人に、哀悼の意を示すなんて――！

私は「回り道の会」を脱会しようと決意した。

そして、可能な限り、「回り道の会」から、離れようと思った。

それで私は、自分の魂の発露である、オリジナル曲を入れたカセットテープを一刻も早く回収しようと思って、バトーさんに、おそらくはこれが最後になるであろう手紙を書いた。

「回り道の会・登校拒否と学校を考えるなんたらかんたらの親の会」
会長
馬頭じょうじ様
前略
私、森口は貴会からの脱会を希望いたしますので、脱会手続きの方法を教えてください。
無職で無収入のため、「回り道レポート」の費用が捻出できない事情をどうかご考慮いただけるならありがたいです。
併せて、以前、貴会にお送りしたカセットテープの返却を希望いたします。
ご返送用の送料を同封いたしますので、どうか何卒宜しくお願い申し上げます。
かしこ
一九八九年〇月〇日　森口奈緒美

その後、数日経ってから、私は、バトーさんに、電話をした。

すると、こちらから要件を切り出すまでもなく、バトーさんのほうから、口火を切った。彼はこう言った。

「お手紙、見ました。当会を辞めるための手続きは、とくにありません。辞めたいと言えばそれでいいです」

そして彼は続けた。

「あなた、レポートの感想も書かないで」

バトーさんの発言は、かんじんの述語が抜けることがたまにあるけど、これは、感想を書きなさいという意味だろうか？　なんか、自発的なつもりで書いていた感想が、実は義務だったとは、今までまったく知らなかった。そんな、購読に感想の義務が課されるレポートなんか、なおのこと、止めてやる。

彼は言った。

「ちょっとだけ集会に参加して。ちょっとだけレポートを読んで」

バトーさんのその言い方は、日本語が不完全なので、何が言いたいのかわからない。彼の日本語を理解するのは難しい。私は彼の続く言葉を待ったが、彼はその不完全な文型を完成させるつもりはなかった。

たしかに、彼にとってみれば、「ちょっとだけ」に映るのだろうが、慢性的な体調不良に悩まされている私にとっては、たとえ三回きりであっても、現地まで出向くだけでも大変なことだし、いや、それどころか、電話で話すことすら、体力と気力がついていかないし、一部五千円の「回り道レポート」の毎月の購読ですら、無職の私にとっては費用を捻出するのもしんどいことだ。

でも、そういう、私にとっては多大と思える努力を払ったとしても、先方にとっては「ちょっとだけ」というのは、おそらくは客観的な事実には違いないのだろうから、私はそれを踏まえて、こう言った。

「味見するためには、ちょっとだけでじゅうぶんです」

すると彼は言った。

「味見だと？　味見とは何ですか！　あなたは私のことを、侮っているのですか？」

それで私は言った。

「いろいろな会に少しずつたくさん関わって、いろいろな見方や考え方を知りたいです。でも貴会と関わっても、ほとんど、あなただけの意見、主張ではないですか？」

「いえ、うちの定例会ではいろいろな人たちがいろいろな意見を発言していますよ」

「でもレポートに載るものは編集が入って、みな、あなたの都合のいいように料理されてしまっていますよね？参加者の生の声ではありません。あなたは参加者を利用して、ご自分の意見を書いておられるだけです」

するとバトーさんは言った。

「そんな捻くれた物の見方をされてもね〜〜」彼は続けた。

「あなたのモノの見方って、ホント、捻くれていますね。あなたはその捻くれた性格を直さなくてはいけませんね〜〜」

私が呆気に取られていると、彼は、少しの間を置いた後、厳しい声で、こう言った。

「性格を、直す。」そして彼は同じ言葉を繰り返して、言った。

「性格を、直す。私の言ってること、わかる？」彼はそう言った後、さらに同じことを強い口調で言った。

「性格を、直す！」

私は思った。その言葉は、今までの学校生活で、自閉症の私が、しきりと先生たちやクラスメイトたちから、絶えず言われてきた文言そのものだ。でも、それとまったく同じ言葉というか〝忠告〟を、教育問題に取り組むと称する関係者からも言われるとは。

〝性格を直すこと〟の是非は別にしても、もしどうしてもそのようにしなければいけないのなら、私の場合、それは治療や療育の領域ではないのかとも思ったのだが、私は条件を満たさなかったので、少なくとも義務教育では療育はまったく受けることができなかった。それで私は、これまでにも自発的に性格を直そうとして、先生やクラスメイトたちのそうした忠告を自主的に受け入れ、積極的に努力して取り組んできたつもりだったが、自分の力だけではどうにもうまくいかなかった。

そして、バトーさんも、その当時の無理解な人たちとまったく同じことを言っている。彼は続けた。

「あなたは人格的に立派ですからね〜〜」あと、彼はこうも言った。

「あなたはよく出来た性格ですからね〜〜」

はあ？　私にはバトーさんの発言の意味が、さっぱり理解できなかった。

何事も文字通りに受け止める傾向のありがちな自閉症の人を当惑させるのは、例えばこういう発言だ。

バトーさんは一言目には「性格を直しなさい」と言い、二言目にはそれを翻して、相手の人格や性格を褒める。まるで正反対の発言の、いったいどっちが、彼の本心なのか？

これは私が常々思っていることだが、一部の健常者にありがちな、こうした意味不明・意図不明な言い回しを、通訳してくれる支援があればいいと思う。健常者にとって自閉症の人は謎であるみたいだが、同様に、自閉症の人にとっても、こういう健常者の言動は謎なのだ。だから例えばそういったこともあるので、支援者を探しているということもあるのだが。

私は言った。

「私がよくできてる人格だとは思いませんが、常にそうありたいと思って努力しています」

「今、何て言ったの？」

「私がよくできてるとは思いませんが、性格を直そうと思って努力しています」

すると彼は、「はあ？（鼻声）」と言った。どうやら彼には日本語が、あまりよく呑み込めていないようだった。

私は言った。

「私が良くない性格だからこそ、人格を陶冶しようと努力してるんです」

「ふーん（鼻声）。で、いつ、直るの？」

「いつ直るかはわかりませんが、必ず、ましにはするつもりです」

すると彼は、欠伸《あくび》みたいな間延びした声で、こう言った。

「ま〜だまだ、だ〜いぶ、かかりそうだな〜〜〜（鼻声）」

このとき、正直に言うと、なんか馬鹿にされているような気がしないでもなかったのだが、曲がりなりにもマスコミ報道で称賛され、知名度もある支援者がそんな馬鹿なことを言うはずはない、と信じていたので、私は（一部、社交辞令も含んでいるが）こう言った。

「とにかく今の自分の性格は、貴会に相応しくないみたいなので、貴会に留まることを諦めます。その代わり、性格がある程度ましになったら、必ず戻ってきます」

これは実際、この出来事の十数年後ぐらいに、自分の性格というか障害が、だいぶましになってきたように思えたので、久し振りに「回り道の会」に顔出しだけでもしようと思ってネット検索をしたのだが、少なくともそのときまでのインターネット上には、「回り道の会」「じゅげむジャパンインターナショナル」は跡形もなく消え去っていたのだった。

彼は言った。

「では、会は辞めるのですね」

「はい、辞めるに際して、たった一つだけ、お願いがあります」

彼はぶっきらぼうに、「で、何?」と言った。私はできるだけ丁寧に言った。

「手紙でも書きましたが、いつだったかお渡しした、私のオリジナル曲を入れたカセットテープ、あれを返していただけませんでしょうか?」

すると、彼は、ご丁寧に、こう言った。

「本来ならば、いったん人様に差し上げたものは、返却を求めるものではありません。それは失礼なことであり、礼節に外れることです。ですが、あなたが、そのように、おっしゃるのであれば、お返しします。私としても、不要なものを持っている謂《いわ》れはないのでね」

お別れに、私は社交辞令のつもりで、言った。

「私は、会としては辞めますが、引き続きあなたとは、個人的にお友達でいたいと思います」

すると、バトーさんは、「ビジネスライクに」と言った。

私が最後の挨拶とお礼を言ったとき、彼はその私の声の上に被せて何か言ってきたが、私はそのまま電話を切った。


もう、死にたい——

でも、もしそんなことをしたら、〝Bさんへの追悼〟を書かれてしまう!

生き抜かねば。

何が何でも生き抜いて、そして、書いてやる!

そのためには、どこか、《書くことのできる場所》を探すことだ。

そうでなくても、脱会のもう一つの主要な理由は、この会が、登校拒否の精神科における薬物治療の問題については扱っていないということだから、私にとってここに居続けるのは、もはや時間と労力の無駄でしかないと思った。なので、どこか、他のところでそれを扱ってくれるところを探す必要があった。

結局、「A君」の自殺に関する真相究明はできずじまいだった。

私はいくつかのマスコミに宛てて、「回り道の会」で自殺者が出ていることを書いて投書した。でもそれらへの反応は、とくに何もなかった。

しばらくすると、バトーさんから郵送物が届いた。

せっかくご厚意で送ってくれているのにケチをつけるのも何なのだが、その宛名は暴力的とも言っていいほどの乱雑な書き殴りで、封筒に斜めに大きく横切るように書かれていた。私の名前の「森口」の「口」の字に至っては、四角というよりはむしろ丸に近く、テキトーにぐるぐる書いた渦巻きのよう。下手な字などというのとは、ぜんぜん違う。正直、私はこんなに汚い宛名の字を、後にも先にも見たことがない。

中身を開くと、それにはカセットテープとともに、「回り道レポート」の最新号が同梱されていて、バトーさんのメモ書きがあった。

> 森口様
> 最新号のレポートを同封します。
> 代金は結構です。

長い、長い、夏だった。

そして一カ月が経つと、その次の号もまた来たのだった。

私としては、もう一刻も早く逃げ出したくて、本当は完全に縁を切りたかったから、追いかけられているような気がしたのだが、せっかくのバトーさんのご厚意なのだからと思って、一応は義理とはいえ目を通そうとした。しかし読もうとする度に魂が拒絶するというか、バトーさんとの電話での数々の激しいバトルを思い出し吐き気がして、一向にそれは頭の中に入っていかなかった。

⁂ ⁂ ⁂

そして十月となり、レポートは送られてこなくなるかのように見えた。

私は安堵した。

ところが、十一月か十二月となり、もうとっくに忘れたころに、再びそれは送られてきたのだった。

「回り道レポート」一九八九年十一月号（第○号）。（ここのところは記憶が曖昧なので、十二月号だったかもしれない。）表紙のサブタイトルを見ると、「登校拒否の治療の問題を考える（2）」となっている。

私は思った。「(2)」ということは、「(1)」がある。

そのレポートによると、どうやらこの九月ぐらいに、某新聞に、「三〇代まで尾を引く登校拒否症」というタイトルの記事が掲載されたらしい。でも、自宅ではその新聞を購読していなかったので、今までまったく知らずじまいだった。

そして、この「(2)」というのは、「(1)」で、バトーさんがその記事の元となった研究をした専門家を糾弾したものの続きらしく、「(2)」では、その専門家の謝罪の手紙が載せられ、バトーさんが、それに批判を浴びせる、という内容だった。

その研究者は、その問題の記事となった研究について、誠実に謝っているように見えた。でも、それがどういう記事なのか、どういう内容なのかは、読んでいないからわからない。でも、その謝罪やレポート全体の内容からして、「(1)」で登校拒否の薬物治療について扱われているらしい、ということだけはわかった。

でも、バトーさんは登校拒否の治療の問題については扱わないはずではなかったのか?

私はその変節に驚いた。

しかしそれよりも私を不安にさせたのは、本来ならば、あるはずの「(1)」がないということだった。というのも、この「(2)」の内容は、どうやら「(1)」を踏まえて書かれているもののようだからだ。

私は、登校拒否の薬物治療の問題について、ずっとマスコミや関係者や、あるいはこのバトーさんにも働きかけ続けてきたはずなのに、にもかかわらず、僅差で世の中の動きに取り残されてしまった。

私は思った。「(1)」が欲しい。でも、悪夢のような「回り道の会」には二度と戻りたくない。どうしよう。ここは勇気を出して、「(1)」を読むために、バトーさんに再び、連絡を取るべきだろうか? それとも、どこか第三者の関係者に問い合わせたほうがいいだろうか? 後者が本当はいけないことであることは重々、わかっている。でも事情を話せばわかってくれるだろう。

それにしても、バトーさんは、ある意味、意地悪だ。

私が治療の問題について情報や発言の場が知りたい、と、再三バトーさんに問い合わせたにもかかわらず、彼は、いっけん親切を装って、そのことを取り上げた（と思われる）「回り道レポート」を、おそらくはワザと送ってこなかった。

でも私は、その問題となった、その新聞記事についても知りたい。

いったい、どうすれば――？

当時、知られていた他の不登校の民間の支援者といえば、このころ、メディアに何度も取り上げられて世の中で注目されていた、「エコール」（仮名）があった。

これは、この四、五年ぐらい前から急速に台頭してきた、当時から有力な団体だった。

ただ私は、それが新聞やテレビなどのマスメディアに頻繁に露出していたので、もしコンタクトを取ったとしても、「回り道の会」の二の舞になりそうな気がしたから、これまであえて触れないでいた。

これは実際、バトーさんが「（2）」で書いていたことなのだが、今回の件で「エコール」の関連団体の「登校拒否のほにゃららの会」（仮名）が主宰した「緊急集会」にバトーさんも参加して、そこで発言しようと挙手し続けたものの、一度も当ててもらえなかった、とある。なんでも、バトーさんの言によれば、「登校拒否のほにゃららの会」には日本中にたくさんの〝支部〟があって、その〝各地の支部〟の人しか発言させてもらえなかったそうだ。

それを読んで、私は小学三年生のときの、ある出来事を思い出した。

そのクラスでは、私は学友からのみならず、先生からもいじめられていたのだが、ある日の授業は、先生のある質問で始まった。私はその質問の答えがすぐにわかったので、誰よりも真っ先に手を挙げた。だが、先生は別の挙手した人を当て、さらに先生はその挙手した人に、次の人を当てるようにと言った。それで、その生徒に指名された生徒は、さらにまた別の人を当て、そしてその当てられた人は、さらに別の人を指名した。その間、ずっと挙手し続けていた私は、一度も当ててもらえないまま、その授業が終わった。

バトーさんの今回の記事の場合も、要するに彼は、この会から無視やいじめに遭っただとか、この団体は閉鎖的なので部外者を排除する、などと書きたかったのだろう。

だから今後、関係者を探して問い合わせ続けるにしても、「エコール」だけは、なしだ。

【Ⅱ】ディスコミュニケーション

私はとても胸が苦しくなり、いても立ってもいられなくなったので、電話帳を慌てて捲り、どこか青少年が相談できそうなホットラインを探した。そして、その番号を探り当てると、急き立てられるようにそこに電話して、自分の立場と、今までの経緯を手短に話した。その後、私はこう言った。

「相談の場で生じたトラブルについて相談してくれるところを探しています」

すると、その電話対応員はこう言った。

「あらあらそれは大変ねえ」そして、名前も知らないその人は言った。

「[ほにゃらら] にご相談なさってみられるのはいかがでしょうか？　電話番号は03‐××××‐××××」

私はこのとき、[ほにゃらら] の部分を聞き落としたのだった。それで、電話番号を改めて聞き直した後、その[ほにゃらら] に電話した。すると、その電話の相手の女性は、こう言ったのだった。

「もしもし、エコールです」

何と！　私にとっては禁忌のはずだった、「エコール」に繋がってしまうなんて。どうしよう。バトーさんから裏切ったと思われないだろうか。私はびっくりして、こう言った。

「エコールさんでいらしたんですか。電話番号しか知らなかったもので」

するとその人は尋ねた。

「どういうことでしょうか？」

「エコールは、あるところから、問題があるところだと聞かされていたので、びっくりしています」

すると、彼女は、「どういう問題なんでしょうか？」と訊いた。

私はどういう問題だったのか、思い起こそうとした。しかし思考が不自由なためか、そのとき、どうしても思い出せなかったので、「すいません今ちょっと思い起こすことができません」と言った。

私が考え込んでいると、「エコール」の人は言った。

「それで、どなた様でいらっしゃいますか？」

慌てて私は言った。

「初めまして。私はモリグチ・ナオミと言います。自己紹介は長くなりますので簡単に言いますが、かつて登校拒否で、今は大人の、自閉症です。あなた様のお名前をお知らせください」

すると、電話対応の人は、こう、言った。

「私は、バトー（仮名）と言います。馬の頭と書きます。馬頭観音、馬頭星雲（※「バトー」というのが仮名なので、この例えも仮のものです）と言ったらわかりやすいですね」

何と！「回り道の会」の主宰者と同じ苗字の人。どう説明したらいいのか、このシンクロニティ。

で、「エコール」のバトーさんは、こう言った。

「どういったご用件でしょうか？」

「そちら様は、かつて登校拒否だった大人の自閉症の人からの相談は受け付けてくださるのでしょうか？」

すると彼女は言った。

「あなた、ちゃんと話せるのに自閉症なんかじゃないでしょ」

「私はコミュニケーションの問題を抱えているため、その場でうまく電話で話せないので、自己紹介や要件や問い合わせなどを書いた手紙を差し上げますので、お返事をくださることはご可能でしょうか？」

「その前に、どのようにして『エコール』をお知りになられたのか、教えてくださりませんか？」

それで私は、「それについて言うととても長くなるので、後で手紙を書きますので」とか何とか言って、お礼を言ったかどうかも定かではないまま、電話を切った。

後で思った。

ともあれ、これも何かのご縁だろうから、しばらくはここに相談することにしてみよう。

⁂

私は、今度の新しいバトーさんに手紙を書いた。内容は、最初のバトーさんに書いたような簡単な自己紹介（※本書六 - 七頁）に加え、「エコール」を知った経緯や、「回り道の会」での出来事を、なるべく悪口にならないように手短に書き、「回り道レポート」の「（1）」の件と、例の新聞記事のコピーが欲しいことについて書いた。

その他、「回り道の会」では結局、相談するチャンスがなく、保留にせざるを得なかった要件である、自閉症や元登校拒否の人でも勤まる仕事やバイトについても知りたいということや、それに、私のような者でも相談と発言できる場所を探しているということ、そして、今度の「エコール」の関連団体である「登校拒否のほにゃららの会」の会報の入手方法についても問い合わせた。

なんか、こう書き出してみても、我ながら盛りだくさんだな、と思った。何か問題が生じて、あるところに相談すると、さらにそこで問題が生じて、さらにはその問題を……というわけだ。市販の書籍を読んでいると、「相談する場合は、その内容を絞ったほうがよい」というアドバイスを書いておられる方がいらっしゃるが、その人は、そういった、相談の雪ダルマ現象の実態を肌身で知っているのだろうか？

なんかもう、私でも何から相談を差し上げたらいいのかわからなくなっている。頭の中が混沌としているので、順序よく言語化するのも苦労する。もし幼児期から継続した療育と支援を受けていれば、こんなに問題がてんこもりにならなくてもすんだのに、と思った。

そういうこともあって、手紙のお終いのほうに（たぶん）、「相談や問い合わせ事項がたくさんあることをお許しください」と書き、さらに、「余所様での相談で生じたトラブルについて、そちら様で相談させていただくことは可能でしょうか？」とも付け加えた。

すると、この度のバトーさんから郵送物が来た。

そこには彼女からのお手紙と、例の新聞記事と、登校拒否の人が就いたことのある仕事の一覧が書かれた紙があった。

その新聞記事（※一九八九年九月一六日付の朝日新聞夕刊）は、要約すれば、登校拒否には早期治療が必要であるとする、ある専門家の研究を紹介した記事だった。それは、まさに、今の自分に必要としている記事だった。そこに書かれていたのは、まさに自分自身のことだった。

記事の見出しに「三〇代まで尾を引く登校拒否」とあるが、私もあと、三、四年で三〇代だ。

この新聞記事では、治療を試みているが予後が芳しくないという意味のことが書かれているが、治療が予後を暗いものにしている可能性があることは、この研究者は考えなかったのだろうか？

ただ、「回り道レポート」の十月号（たぶん）もとい「（1）」の件と、「相談で生じたトラブルについて相談する」件に関しては、ノーコメントだった。

まあ、支援者同士はいわばお仲間みたいなものだから、お仲間同士の不祥事や〝悪口〟にはあまり首を突っ込みたくない、というのはあるだろう。

そういう訳で、「回り道の会」で生じたことについて、ここで相談しようかとは思ったものの（で、それが「エコール」を紹介してもらった本来の理由ではあるのだが)、ある会で生じたゴタゴタを、さらに別の会に持ち込むのは、道義的にどうなのかな?と考えて、保留にしようかとも思った。

私は、今度のバトーさんに、返事のお礼を兼ねて、例の「(1)」が来ているかどうか、私がなぜそれを必要としているのかということや、二度と「回り道の会」には戻れない理由を、簡単に書いて、問い合わせた。

しかし、バトーさんからの返事は、その件については、やはりノーコメントだった。

それで、もしかしたら彼女は私の書いていることがうまく呑み込めていないのかもしれないと思って、今度は経緯や理由を、(悪口や批判になるべくならないようにかなり気を遣って)さらに詳しく書いたうえで、再度、その件について問い合わせた。

しかし、バトーさんからの返事は、またもやノーコメントだった。

それで私はそれらの件については諦めざるを得なかった。やはり私が今やっていることは、たぶん外道なのだろう。

それにしても、なんかすごく、コミュニケーションの悪い会だ。

その代わりというか、気になっていた別件について、今度のバトーさんに訊いてみた。つまり、例の「回り道レポート」十一月号(たぶん)もとい「(2)」で書かれていたところの、「回り道の会」のバトーさんが、「登校拒否のほにゃららの会」の集会に参加したものの、〝無視〟された件についてである。

するとしばらくして、彼女から手紙が来た。記憶に頼るので正確ではないから、おおまかな要約でしか書けないが、だいたいこのような内容。

その件については、たしかに「回り道レポート」十一月号を頂いています。
まず、あのときに集まったのは、各地の支部というのではなく、それぞれ独立した団体の代表者です。あのときの集会では、発言を希望される方がたくさんいらして、希望者のすべてを指名することができませんでした。
「回り道の会」のバトーさんが挙手を無視されたと書いておられる件ですが、そのことをいきなり印刷物にしてこちらに送りつけなくても、問い合わせてくだされば、いくらでもお答えできたのにと思います。

それを読んで私は思った。もし、今度のバトーさんのおっしゃることが本当に正しければ、以前のバトーさんも、今の私と同じように、外道をやらかしていたことになるだろう。

いや、ひょっとしたら過去にも似たようなことがあって、問い合わせをしたものの、はぐらかされたので、今回は止むなく「いきなり印刷物を送りつけ」るしかなかったのかな？ とも想像したが、このときはまだ根拠のない、単なる憶測に過ぎなかった。

というか、「回り道の会」の「回り道」って、もしかしたら、実は「外道」のことなのだろうか？

私はこの度のバトーさんに、「この間の『緊急集会』をまとめた印刷物か何かはございますか？」と、問い合わせたら、あるとのことだったので、郵便切手いくらか分と引き換えに送ってもらった。でもその本には、親や支援者の立場からの声や意見だけで、治療を実際に受けて苦しんでいる当事者たちの生の声は、一つも含まれていなかった。

もし、その集会に私が参加できたとしても（そもそも参加資格すら得られたかどうかもわからないが）、当事者の立場だから、たぶん、「回り道」のバトーさんと同じように、挙手してもハブられただろうな、と想像した。

✻ ✻ ✻

私は今度のバトーさんに諸々の件のお礼を言った後、彼女に言った。

「この本、当事者の声は一つもないですよね。治療を実際に受けたことのある当事者の声が、一つぐらいはあってもいいと思うのですが、なぜ、ないのですか？」

でも、その彼女の説明は、私にとってはよくわからなかった。というのも、彼女の説明が、とてつもなく長いからだ。

少なくとも、今度のバトーさんは、以前のバトーさんみたいな寸言のメモ書きではなく、ちゃんとした手紙を書いてくれる。それで、あまりに律儀に丁寧にお便りをくださるものだから、私は先方になるべく手間をかけないようにと、その手紙の返事の中に、後でお電話を差し上げるから、ご感想ご意見アドバイスは、そのときにおっしゃって欲しい、とも書いた。

だが、おそらくはそのためなのか、私にはとても困ったことが生じた。彼女の電話での喋り方がまるで機関銃のようで、いったい何を言われているのか、ほとんど聞き取れないという事態になったのだ。

そして、お礼を兼ねて電話を差し上げると、今度はバトーさんからのお便りがひたすら長く、段落さえもなく、いったい何が書かれているのか、ほとんど読み取れないという事態になったのだった。

そのどちらも、まるで慣れない外国語を聞くか読むかしているかのよう。それで、辛うじてわかるところを繋ぎ合せて理解する、という感じだった。

ちなみに、私のような者は（自閉症のタイプにもよるし、人にもよるので一概に言えないが、ある日本の自閉症の方がその手記に書いておられるように）、「一度にたくさんのことを言われると理解できない」のだ。言葉の洪水というか、頭がオーバーフローすると言ってもいいのだろうか、これ。


説明が長いのは、当初はバトーさんなりの親切心だったのだと思う。しかし、私がその説明の理解に手間取っていることに、次第に彼女は苛立ちを感じるようになったのか、その長い説明の合間に、やがて少しずつ怒号が混じるようになっていった。

しまいには、とくにこちらから手紙を出さなくても、私が電話でほんの一言、言おうとしただけで、バトーさんは早合点や勘違いをしたまま、延々ぶっ通しの三時間にもわたる大演説をやらかすようになった。

人の話を聞かないで、思い込みで喋り続けるのもなんだかなーと思ったが、それらの大演説に口を挟むことは一切許されなかったし、その演説の終わりの結論は（どういう思考過程でそうなるのかわからないが）、「同じ登校拒否としての考えを持たないと駄目でしょ！」とか、「あなたは登校拒否の子どもたちの立場を認めないのですか？」とか、「子どもたちの自主性を認めるべきでしょ！」とか、「もっと、いろいろな意見を受け入れなきゃ駄目でしょ！」……などと言われたりした。

あるとき私が、「（A）学校は行かなければいけないのだが、（B）命を懸けてまで行く必要はない」と言おうとしたとき、バトーさんがせっかちなものだから、私が（A）の部分を言ったところで、彼女が話を途中で切ってしまい、（B）の部分を言わせなかった。そのうえで彼女は私に向かって、「あなたはそのように考えているのですね。なぜあなたは学校に行かなければならないと思うのですか？　登校拒否の人たちの権利をなぜ認めようとしないのですか？　モリグチさんは子どもが死んでもいいと思うのですか？」などと、畳みかけてきたりする。

私はただ、今まで学校で頑張ってきた努力を認めて欲しい、（元・登校拒否だった）今は大人の人の立場にも目を向けて欲しい、助けて欲しい、と言おうとしているだけなのに。

基本的に彼女は悪人ではないと思うものの、どうやら齟齬があるようで、彼女は、私の言おうとしていることを、とんちんかんな方向に憶測し、類推し勝手に決めつけたうえでジャッジしてくる。なんか、私にとってはどれもとても心外なことなので、これは私とたまたま同姓同名の赤の他人に対して話された言葉なのだと思った。

その一方で、何か私が一言でも言おうものなら、彼女は、「ふーん、何も言えないのね」とか、凄まじい剣幕で、「その言葉は、使わない！」などと言ってくる。私が乱暴で不適切な言葉遣いをしたのならともかく、普通の話し方で普通の語彙を使っていても、そのように言われる。なんか、ポリティカル・コレクトネス（？）がガチに厳しくて、私の一言一言がことごとくそれに抵触するみたいなので、伝えたいことをなかなか伝えることができない。

もし、口を挟むことが許されず、どちらかの側が一方的に話し続けるだけなら、何も電話でなくても、何らかの録音媒体でもすむことだ。というか、彼女に毎回掛ける電話代で、じゅうぶんにカセットテープの代金はペイすると思った。

彼女のモノの言い方は、まるでいつも喧嘩でもしているみたいに、激しかった。それで、怒号みたいな長い電話が終わると、私は精魂尽き果てて、その日と翌日中、ずっと寝込んだ。もともと電話は苦手だったが、もはや私は外出だけでなく、電話するだけでも酷く困難になっているらしい。

今から考えれば、あるいはもしかしたら、彼女もまた、私と似たようで違った障害というか、ある種の傾向を持っていたのかもしれない。

それで、以下の話は、そうした状況下で、限りある私の理解力と能力で対応した話だから、今回のバトーさんのモデルとなった人からしたら、たぶん、大いに異議があるかもしれないであろうことを、あらかじめお断りしておきたい。

⁂ ⁂ ⁂

そのような困難のなか、私は、何とか「エコール」に自分の要件を伝えようと奮闘していた。

ある日、私は勇気を出して、「回り道の会」で自殺者が出たことを話そうとした。

すると、バトーさんは「そんなこと、本当にあるの？」と言った。

それでそれ以上、その話をすることができなくなった。

また別のあるときには、高校生のときにかかったカウンセラーたちから酷いことを言われたことを話そうとした。

すると、彼女は、「そんなこと、当たり前でしょ！」と言った。

それで、その話をそれ以上、続けることができなくなった。

また別のときには、専門学校では障害を持った人の入学が禁止されていることを伝えようとした。

すると、彼女は、「そんなこと、本当にあるの？」と言った。

話はそこで止まり、バトーさんはまったく関係ない別のことを喋り始めた。

彼女は、私が実体験に基づく話をするときには、万事がいつもそんなふうで、「そんなこと、本当にあるの？」「そんなこと、当たり前でしょ！」の二択でしか反応しなかった。いずれにしても、彼女にとっては、他の人の痛みを伴う体験は、「そんなこと」でしかないらしい。

そんな彼女の様子は、私には何とも感性が貧しい人に映ったのだが、でもこれは貧しいなんてものではない。荒んでいる。とてつもなく荒んでいる。

この人、ずっと窓口でいろんな人の体験談を聞き続けてきたので、たぶん、お腹いっぱいになってしまったのだろうと思った。

まあ、たしかに、「回り道の会」のバトーさんも、「体験談は参考にならないので救いにはならない」と言っていたことではあるし。

でもそういうわけで、「回り道の会」での出来事があったので、私はこのとき、いじめ問題にまつわる話は封印していた。もし言ったところで、そういう訳だから、「そんなこと（略）」と言われるであろうことは目に見えていたからだ。

なんか、例えば、こういう不登校問題に取り組む支援者や関係者の中で、いじめられ体験や迫害体験や差別体験などを自由に話すことができて、共感してもらえることがあってもいいと思った。

そこで私は、学校問題や教育問題とはまったく無関係な、当たり障りのないことを話した。そしてなぜか、こちらのほうはスムーズに話を聞いてもらえた。

とある音楽関係のスクーリング（※本編の前作『平行線』の終わりのほうで触れたのとはまた別のもの）のことについてだとか、子どものころから貯めたお小遣いで、新規ベンチャーのレコード会社に出資した話（※本書一三一‐一三六頁にて後述）だとか、徒歩会に参加してビリッケツになったこととか、そこで出会った人から気功教室を紹介してもらい、そこに通っていることなども話した。

バトーさんは、とくに気功の話に強い関心を示した。そして彼女は私にいろいろ尋ねてきた。

でも私は、それをバトーさんに紹介するのを躊躇した。というのも、気功師の中国人夫妻は親切でとても良い人たちだったのだが、事務をやっている年配の日本人の男性がすごく意地悪で、障害を持った私のことを露骨に差別してきたからだった。例えば、その事務所で気功の本を購入したら、コップの底か何かで輪の形に濡れた跡のある本を渡してきたりとか。それで私は、バトーさんからの質問をスルーせざるを得なかった。

ちなみに、奥様も気功師で透視能力があり、しかも日本語が堪能だった。で、その奥様と私とはなぜかとても気が合って、よく話をした。あるとき彼女は私にこう言っていた。

「あなたは身体は至って健康です。どこも悪いところがない。でも、頭、脳に問題があるので、身体が思うようにいかない。脳は身体を統括しているので、その脳がやられてしまったら、身体全体に問題が起きる」と。


話は戻って、バトーさんとのそうした何回かの電話の後、たまたまその日に「エコール」に電話したら、バトーさんは不在だった。代わりに出たその応対の人は、バトーさんと違って、人の話を途中で断ち切ることなく、よく聞いてくれる人だった。

初めての人だったので、「私は自閉症です」と伝えた。すると彼女は言った。

「自閉症は親の育て方が悪いとなるんですよね。あなたの親は酷い人でしたね。あなたも性格を直したほうがいいですね。とくに、わがままを何とかして欲しいですね。社会性、協調性を持ってもらわないと、周りの人がいろいろ困ります。あなたは、人の迷惑ということを考えたことがあるのですか？」などと、いつまでも長々とくどくど説教されたので、私はあえて怒った振りをして言った。

「あなたのおっしゃる社会性を身に着けるために、私は今までずっと普通学級や普通科高校で頑張ってきたのではないですか！」そして私は続けた。「それに私の親は、あなたの言うような酷い人ではありません！　私の親に一度も会ったことがないのに一方的に決めつけないでください！　私の親はいい人です！」

一応、彼らの名誉のために申し添えておくと、今日でこそ「エコール」傘下の出版社でも発達障害に関する書籍を出していたりもするが、当時の自閉症に対する一般的な見方というのは、だいたいこんなもので、「エコール」だけがとりわけそうした偏見を持っているというわけではなかった。実際、このころは自閉症に対するそういった根強い誤解がまだ世間に残っていて、自閉症の親だというだけで、不当に周囲から悪く言われ、謂れのない非難・批判を受ける時代だった。そしてここでも、「回り道の会」みたいな激しい言われ方こそされなかったとはいえ、それでも彼らの言っていることは、無理解な学校の先生や、かつての級友たちの言っていることと何ら変わりはなかった。

私は、この人たちに、障害を持った人の不登校について理解して欲しいと働きかけを試みているが、そもそもこの人たちは、自閉症のことを端から誤解しているので、まずこちらを先に何とかしなければいけないのではないか、とも思った。

あるいは、もしかしたらこれが、「民の声は神の声」ということなのだろうか？　もしそうなら、私はこれからも、自分の性格を直し続けなければいけないだろう。ただ、今までにも学校生活を通して、ずっと、ずっと、それに真剣に取り組んできたので、もう疲れてしまったのだ。もっと楽に自由に生きたい――

彼女の発言にいろいろ思うところはあった。ただ、ここで不毛な論争をしても何もならない。それで私は、やっとの思いで、本来のともいえる、自分の要件を伝えた。

「あの、問い合わせなのですが、障害を持ったかつての登校拒否の人で、今は大人の人を受け入れてくださる、居場所のようなものはございますか？」

するとその人は言った。

「今すぐにはわからないので、調べてからバトーさんに伝えておきますね」

それで私も、「あとでバトーさんに電話差し上げますので、どうか宜しくお願いします」とか何とかお礼や挨拶などをして電話を切った。

✣　✣　✣

次に「エコール」に電話したらバトーさんが出てこう言った。

「こないだ、私がいない間にソラマメさん（仮名）にモリグチさんが問い合わせた件ですね。障害を持った人の居場所についてなのですが、東京の郊外に『ラクチナ』（仮名）という、料理を通じて自立を助けているフリースペースがありますよ」

私は言った。

「えっ、料理ですか。私は料理駄目なんですよね。なんというか、不随意運動があるもんで、握ったものが自分の意志に関らず、どっかにすっ飛んで行ってしまうんですよね。この障害のせいで、今まで何本シャーペンを駄目にしたかわかりませんよ。ともあれ、調べてくださり、ありがとうございました」

すると彼女は言った。

「いえ、ありがとうを言うのはこっちでね、実は私もかねがね行ってみたいと思ってたところなの」

そして彼女は続けた。

「今度、ご都合のいいときに、ご一緒に『ラクチナ』に行きませんか？」

私は言った。

「○日はいかがでしょうか？　どこで待ち合わせしましょうか？　どこかの駅とか」

かくして一九九〇年のある春だったか夏だったか秋だったかのある日、私は私鉄K線の新宿駅のホームの始発の最後尾のところで待ち合わせることになった。

ここまで来るのに家を出てから一時間以上はかかっているのだが、私が電車に不慣れなせいで、予定より四十五分、早く着いた。しかしバトーさんが予定の時刻から遅れたために、さらに四十五分、座る場所もないまま、そこで待たされることになった。

激しく往来する大勢の人々の群れと、その無数の足音。絶え間ない場内アナウンス。けたたましい発車ベル。人々の咳やくしゃみの音。電車のモーター音に走行音。ブレーキの摩擦音に金属音。ドアの開閉音に、そのコンプレッサーの音。音。音……。

そういったいろいろな騒音の中で一時間半を過ごしたせいで、バトーさんが現れたころには、すっかり私の神経は参ってしまっていた。彼女は言った。

「いろいろ雑事があったので、遅れてしまいました」

でも彼女は、遅れたことについては、なぜかまったく謝らなかった。


そしてそこから私鉄K線に乗って、東京の西部にある某駅を降りたところで、「ラクチナ」を主宰しているリョーリさん（仮名）と待ち合わせることになった。

しかし彼女は、待てど暮らせど現れず、結局、そこで二時間半ぐらい待ったところで、ようやくリョーリさんが現れたころには、すでに陽は斜めになっていた。

そして三人で、「ラクチナ」のあるマンションまで歩いていき、目的の場所にようやく辿り着いたときには、私はとても疲れて、何が何だかわからなくなっていた。結局、私はただそこに座っていて、何か少し食べただけで、その間、ほとんどずっとバトーさんだけが喋っていた。彼女は言った。

「私はずっと『ラクチナ』に行きたかったのに、あなたのお陰で行くことが叶って、とっても感謝してるのよ」

それで、私としても、「ラクチナ」を紹介してくれた「エコール」とバトーさんに感謝したい、と言おうとしたのだが、バトーさんばかりがずっと喋ってばかりいるのと、私のコミュニケーション能力の不備のせいなどで、とても言い出せる状況ではなかった。

それからバトーさんは私のことについてリョーリさんに〝解説〟を始めた。それはまるで市場か品評会で品定めをされる野菜か果物か家畜のようだった。彼女は学校問題や教育問題に関係のない、いつぞや私が彼女に話した、《当たり障りのないこと》ばかりを言った後、私が通っている気功教室のことについて話し出した。そして、その件について話すよう、私に話を振った。でもその件は、例の意地悪な日本人の事務の人のために、私があまり触れたくない話題だった。

実はこのとき、私は自分の言葉で、自分のことを話したかった。でも私がとても疲れていたのと、彼女がお喋りなのの両方で、それはかなうことがなかった。

「ラクチナ」自体は、少なくともこのときは素敵な居場所だと思った。でも結局、私がもっとも言いたかった、登校拒否の薬物治療の問題や、障害を持った人の不登校の件については、言うことがかなわなかった。

それに私は、お喋りでせせこましい場所ではなく、もっと穏やかで、時間がゆっくり流れる、静かな場所にいたいと思った。

「ラクチナ」を出たときには、陽が暮れかけていた。

少なくとも私にとっては、〝片道六時間〟の場所なので、自分の体調や能力を勘案すれば、もう二度と行ける場所ではないかも、と思った。

⁂

ある日、エコールのバトーさんに電話をすると、彼女はこちらの要件も聞かずに、いきなりこう言った。

「あなた、何で体験談を話そうとしないの？」

これはいつものことなのだが、私は自閉症という障害のせいで、質問されても、すぐに答えが頭の中に出てこない。何というか、考えるのと、考えを言語化するのの両方に、もたつくというか、困難があるという感じだ。

で、今、バトーさんから質問された、私が体験談を話そうとしない件。

まず、理由がいくつかあることを思い起こした。

一つ目は、「回り道の会」のバトーさんの言っていた意見を受け容れようと努力しているから。

二つ目は、体験談を話したところで、ここ「エコール」のバトーさんから「そんなこと」扱いされるから。

三つ目は、話した体験談が勝手に利用されて、会報や機関誌に書かれたり、第三者の電話相談に使われてしまうことを懸念しているから。

そして四つ目は、これが本命の理由（一つめの理由と矛盾するかも）だが、体験談を書くことのできる場所を探しているということ。できればなるべくまとまった分量で、有体に言えば、体験を本にしたいということ。というか、数年前、私はあるイベントで知り合った人から、個人的なことを執拗に詮索されたので、その人に「本を書いてやる！」と、大見得を切ったことがあったから（※『平行線』二九〇頁）。

——と、こんなに理由がたくさんあるのに、どの順番から話そうか——

と、考えあぐねていると、バトーさんが言う。

「私はあなたの体験談を知りたいの。なんで言わないの？」

それで私は、「理由は、いくつか、あります。まず一つ目は」と言いかけたら、彼女は待ち切れない様子で（なんでこうもいつも彼女はせっかちなのだろう）、「何よー？」と言った。

それで私は、「『回り道の会』のバトーさんが『体験談は参考にならないので救いにはならない』と言っていたから」と言った。すると彼女は、言った。

「『回り道』の人の言ってたことは、斯々然々《かくかくしかじか》ということなんだと思うんです」（この「斯々然々」の部分については、何せ昔のことなので、具体的に思い出せないのだが。）

で、その「斯々然々」の部分になぜか話題が移っていき、それは喧々諤々《けんけんがくがく》の議論になった。まあ議論とはいっても、彼女が一方的に意見を喋りまくるだけのことなのだが、私にとっては意味不明のその彼女のお喋りは、どこまでも、どこまでも、どこまでも、続いた。

それで私は彼女に言った。

「あなた、私に、なぜ体験談を言わないのかとおっしゃったから、私はその理由の一つを述べただけなのに、なぜこんなに言われなければいけないのですか？」

という訳で、二番目、三番目、それに本命の四番目の理由は、ついに言い出すことが叶わなかった。

私としては、何としてでも、社会的に自立して、社会参加したかった。それが私の信念だ。

だから、いじめに遭っても、差別に遭っても、頑張って、普通学級に普通科高校でやってきた。

でも今は、社会との接点といえば、この「エコール」だけだ。

私は上から垂れてくる蜘蛛《くも》の糸を必死にもがいて掴み取ろうとしていた。そして世の中への窓口を何としてでも確保しようとしていた。


このころ、音楽活動を諦めかけたのには理由がある。

つまりそれは、私の作品がパクリに遭ったからだ。

数年前、私はある雑誌が主宰する音楽イベントに参加した（※『平行線』二六七‐二九一頁）。そのときに私の音楽作品がテレフォンサービスで流されたことがあった。そして、それを聴いたある大学生が、今度、卒業制作でビデオ作品を作るから、そのＢＧＭを作曲して欲しい、と依頼してきたのだった（※『平行線』二九一‐二九三頁）。

それで私は喜んでそれを受け容れた。そして私は神様に祈って、世界中でまだどこにもないと思われる、新しい旋律を作った。

当時はまだＣＧ自体が珍しく、その卒業作品は、某放送局にも繋がる都内の街角でも流されたらしい。エンドロールにも私の名前が出ているし、私としては、これが切っかけで、お呼びがかかることを期待していた。

が、そのときは、とくに何もなかったように見えた。

ところがその一年後ぐらいに、家族の者がテレビをつけっ放しにしていたら、あのときに私の作った旋律が、テレビから突然、流れてきたのだった。

しかし、曲の構成は微妙に変えられていた。オリジナルのほうが例えばＡＢＡＣＡＤという構成なら、改変されたほうは、メロディのモチーフはまったく同じであるものの、ＡＤＢＣＡという構成だった。使われていた機材も、私の持っているものよりも、遥かに良い音源と良い機材が使われていた。

私は誰にも相談できないまま、どうしたらよいのかすらもわからず、ただひたすら途方に暮れ、頭の中がフリーズするだけだった。子どものころから私は、自分の作った曲がテレビで流れることが夢だった。でもそれが、こういうかたちで〝実現〟してしまうとは。誰が盗作したのかわからない。そのタイトルすらもわからない。名前も顔も知らない謎の人。

もしかしたら、何からの組織が関与しているのかもしれないが、どういう組織なのかはおろか、その名前を知る由もない。だから問い合わせようにも、どこに訊ねればいいのかすらもわからなかったし、しかも私はコミュニケーションが不自由だ。そもそもどの番組や番宣やＣＭで使われていたのかもわからないし、一瞬のことだったので、証拠を押さえているわけでもない。要するに調べる手がかりからしてどこにもない。

客観的に言っても、――ある大学生の卒業制作ビデオに、かつて登校拒否だった自閉症の人がそのＢＧＭを作った――というだけでも、取材して、じゅうぶんに一つの番組に仕立てることができるネタだと思う。それをこともあろうに、そのようにして作られた作品を、正体のわからない謎の彼らは、ただ、パクることしかしない。自立と社会参加に向けて努力している障害者の作品を無断でパクって、その人たちは良心の痛みを感じないのだろうか？

なんか受信料を払うのも、スポンサーの商品を買うのも、障害者関連の番組を視るのも、馬鹿馬鹿しくなってきた。

それで、この世界でどんなに努力しても、自分より遥かに強大な組織や人によるチートには勝てないだろう――と思って、このとき創作意欲を失いかけたのだった。

そういうことで、もっと現実的で地面に足の着いた仕事を探そうと思っていた。

投書というか投稿活動については、このころも継続的にやっていた。これは私が中学生だった十二歳のころから始めていた、いわばライフワークみたいなものだった。それに加え、前述のようなことがあったので、あとは自分にできることは書き物ぐらいしかない、と思って、このころは投書するという活動に、いっそう熱が入るようになっていた。

それで私は「エコール」にも、自分の進む道の前途を切り拓くために、体力と気力の限りをもって積極的に投書した。とくに力を入れたのは、障害を持ちながら学校に通って不登校になってしまったことや、もともと障害がある人の不登校の治療の問題についてだった。

でも、当時の「エコール」のスタンスは、「自主的に学校を見限って、学校に頼らないで明るく楽しく積極的に自分の力でやっていきましょう」だったから、障害を克服しようと頑張って、歯を食いしばって自力で学校に通ったけど挫折しましたみたいな声が、彼らに好意と好感でもって受け容れられることは、その後も決してなかった。彼らは、障害者を普通学級に行かせましょうといった運動とも連携しているようだったが、そこら辺の整合性をどうやって取っているのかも謎だった。

学校生活であれ、社会生活であれ、もし「自分の力でやっていく」ことが本当に可能なら、例えば、「エコール」みたいな、こうした支援者は不要だ。というか、「自分の力で」成し遂げ得たとしても、今回みたいにパクられたのでは、まるっきり意味がない。

※ ※ ※

要するに、このとき、書き物を仕事に繋げたかった。でも、いくら「エコール」の機関誌に投書しても、載る気配は一向にない一方で、気のせいなのかもしれないが、投書すればするほど、それとは正反対な意見ばかりが載っていることが多いような気がした。

先日バトーさんが送ってくれた、登校拒否の人の就業先のリストは、せっかくの厚意にケチをつけるのも何だが、障害を持っている私にとっては、正直、あまり参考にできるものがなかった。

それで私は、自分にもできる仕事はないかなと思って探すと、やはり、文章を書いたり校正したり、あるいは今日では書き起こしと呼ばれている、当時で言うテープ起こしぐらいしかなかった。投書を載せてもらうというのはとても敷居が高いから、まずはテープ起こしから始めようと思った。というか、テープ起こしを通じて、私みたいな、発言の場に恵まれない人たちの力になろうと思った。

私はバトーさんに（言ったか書いたかはともかく）伝えた。

「こないだの仕事のリスト、ありがとうございます」そして私は言った。

「私は仕事がしたいのですが、そちら様でテープ起こしの仕事はございますか？」

すると彼女は言った。

「あ、それならちょうどお願いしたいのがあるかもしれないので、一応、確認してみますね」

しばらくすると、彼女から連絡があった。彼女は言った。

「実は、テープ起こしの仕事はあるにはあります。ただ――」そして彼女は言いにくそうに言った。

「実はこれ、あまりにも早口なので、テープ起こしを引き受けてくださる人が周りにいないんです」

それで私は言った。

「とりあえず聴いてみてから、私にもできるかどうか判断してみます」

というわけで、九〇分のカセットテープが二本、手元に送られてきた。テープを聴いてびっくりした。たしかにこれは、凄まじい早口だ。テレビのアナウンサーの四倍速はありそう。なんでも聞くところによれば、前のテープ起こし担当の人が、あまりにも早口でテープ起こしができないと言って投げ出したものらしい。そして、そのために、バトーさんも私に送るのに、実はだいぶ躊躇されたそうだ。

それで、テープ起こしの仕事を引き受けようか引き受けまいか、かなり悩んだのだが、引き受ける、と返事した途端、その仕事に使う予定だったワープロが突然、故障してしまったのだった。

何というべきか、まるで見計らったかのようなバッドタイミング。

でも仕事を引き受けた直後だったから、いまさら引き返すわけにもいかず、バトーさんに相談した。私は彼女に電話して言った。

「もしもしモリグチです。実はうちで使ってるワープロ、故障しちゃったんです」

すると彼女は「どこのワープロ使ってるの？」と訊いたので、私が、「東芝の『ルポ』です」と言ったら、彼女はこう言った。

「それなら私も使ってるから、貸してあげることできますよ。どこでお渡ししましょうか？」

「わー、貸してくださるんですか？　ありがとうございますぅ」

ところで、このころぐらいから普及し始めていた「ワープロ」（ワードプロセッサー）と呼ばれる、見かけがPCにも似た日本語文書作成機は、各メーカーによって規格がバラバラだったので、互いにデータや記録媒体の互換性がなかった。ただ、東芝が日本で一番最初に日本語ワードプロセッサーを開発したということもあり、同社のワープロである「ルポ」は、ＰＣに取って替わるまで、No.１のシェアを占めていたようだ。

どのようにしてワープロの受け渡しをしたのかについては、何せ昔のことなので、よく思い起こせない。おそらく、どこかの駅か場所で待ち合わせたように思う。

まあ、私は早口の話者でも過集中モードで聞くから、聞き取りはできるのだが（その代わり、意味がわからない）、問題は、再生に使った機械のほうだ。頻繁な聞き直しのため、あまりにも再生・停止・巻き戻しを繰り返したために、今度は再生に使ったウォークマンが壊れてしまったのだった。

まあ、このときに使ったウォークマンは、以前から、いわくつきというか挙動不審な機械だったから、あっという間に壊れるのも必然だったのだろう。それで、代わりに古いテレコを引っ張り出し、それでやったのだが、今度はそっちも、同じようにして壊れてしまった。それで、さらに別の、ディスカウントショップで売っている安物のウォークマンまがいのものを急いで買ってきて、それで仕事を完了させた。

それで、バトーさんが貸してくれたワープロの返却のために、都内にある「エコール」に出向くことになった。久しぶりに電車に乗ったので、人いきれと悪臭で頭がくらくらした。それでなのか、ＪＲの都内の目的の駅で降りたとき、方向がわからなくなってしまい、そのまま迷子になってしまった。そして車の往来の多い、排気ガスにまみれた大通りの端を歩いて行った。辺り一面、白く濁っている大気だった。

すると突然眩暈がして、私は倒れてしまったようだった。

気がついたら、病院のベッドの上にいた。

検査ということで、造影剤の点滴も受けた。意識がましになって、何とか喋れるようになった私は、病院の関係者から、私が救急車で搬送されたことについても聞いた。

私は、退職してこのころずっと家にいた父に連絡してくれるよう、病院の人にお願いした。あわせて、バトーさんのいる「エコール」にも、今病院にいるので、「エコール」には出向けないということと、病院の名前を伝えた。

私は酸素吸入のチューブを鼻から挿管されていた。

バトーさんが駆けつけ、そんな様子を見て彼女は顔色を変えて、こう言った。

「大丈夫？」

「私にとってやはり外出は無理なようです。まあ訓練のため努力はしますが、この辺、空気がとっても悪いですね。私は空気の悪いのにすこぶる弱いんです」

私がそう言って、借りていたワープロと一緒に原稿を渡すとき、バトーさんは驚いたようにこう言った。

「こんなにあるの？」

「なんかすごく早口で喋る方なんで、こんなに分厚くなっちゃったんですよね」

すると父が駆けつけ、私はタクシーで父と共に帰宅した。もちろん、父に怒られたのは、言うまでもない。

結局、このときの経験で、私は働くことに恐怖症にも似た感覚を持ってしまうようになった。以後、私が決して働こうとしなくなった（とはいっても、世間の暗黙の定義でいうところの就業のことだが）のは、働いて得たお金よりも、医療費や救急車の搬送費や、その他のコストを考えると、収入以上の経費が掛かるからだ。

私は真面目に仕事をやろうと努力しているのに、なぜか神様はぜんぜん祝福してくれない。なんかもう、何をやるにしても、酷く弱くて、健常者には普通にできていることが私にはできないし、そもそも仕事にならない。

そんな私のいつもの主張は、「自分の力では何もできない」ということ。

自力で駄目なら、他者の力を借りればいいのかもしれないが、もしそうするにしても、コミュニケーション上のハンディがあるから、それすらもままならないということ。助けてくれる人がいたとしても、せっかく仕事を回してくれる人がいたとしても、それはただ周りの人たちを振り回し、その善意や厚意や手間をないがしろにするだけだということ。

結局、頑張ってテープ起こししたものは、「分量が予定の誌面を大幅に超過して、使えない」とのことで、「話者が別途、新たに原稿を書き起こすことになった」とのことだった。

✕ ✕ ✕

このころもずっと私は、あちこちに投書することで、世間の無理解という岩盤と闘いながら、自分が進むための道を切り拓こうとしていた。だから「エコール」の機関誌にもいろいろ書いて出した。もともと体力というか元気がないから、そんなにたくさんは出せなかったかもしれないが、少なくとも自分の感覚では、それらの投書に、無限とも思える思いを込めた。

私はあるとき、「エコール」の機関誌に、こう書いた。

> 障害のある人の不登校にも目を向けて欲しい。

すると、まもなくその機関誌に、こう載った。

> 障害のある人の不登校にも目を向けて欲しいと言っている人のように、不登校の人の中には、自分に

障害があると思い込まされている人がいます。でも皆様ご存じのように不登校は障害ではありません。

また私はあるときはこう書いた。

私は自分の障害を克服するために、普通学級や普通科高校での社会参加を努力してきました。

すると、翌月ぐらいの機関誌に、こう載った。

「障害を克服するために普通学級や普通科高校での社会参加を努力する」という観念をなくしましょう。

またあるときは、自分はこういう投書をした。

私は不登校の治療による副作用のために後遺症が出てしまった。（以下略）

すると、翌月の機関誌には、こう載った。

不登校の治療で副作用が出て後遺症になる（以下略）のはよくないことなので、皆さん、治療には頼らないようにしましょう。

その他、私が「自分の力では、どうにもやっていけない」という意味のことを長く書いたら、その翌月ぐらいには「自分の力でやっていきましょう」という内容が、かなり長く書かれてあったりで、なんか、投書は、少なくとも自分の声としては扱われないのだが、反面、俎板《まな》に乗せられるというか、勝手に利用されているような感じはあった。実際の投書はもっと長いものだったが、ときには、投書の一段落分がまるごとそのまま剽窃されて、そこに続けて「エコール」としての見解（？）というか批評というか反対意見がつけられているものもあった。

そういうことが、有償で頒布されている会報というか機関誌で平然と行われている。

で、いろいろ問い合わせようと思ってバトーさんに電話を試みるのだが、何回電話しても、例によって彼女が超絶お喋りで、私が要件を切り出す前に、彼女が好き勝手に話を振るので、なかなか質問を切り出せないでいた。

私は考えた。会というのは志を同じくしている人たちの集まりだから、その中で異論を唱えても、受け容れられないのは、ある意味、仕方のないことだろう。私に独自の意見と立場があるならば、新規に何か会のようなものを立ち上げればよいことだ。実際、この「エコール」「登校拒否のほにゃららの会」も、たぶん、そうやってできたものだ。だから、そこにぶらさがっていたのでは、いつまで経っても埒が明かない。やはり、自分の意見を公にするには、自分で機関誌を立ち上げるしかないのではないか？

それで、私はバトーさんに、「私、やりたいことがあるの」と伝えた。

すると彼女は「何よ」とそっけなく言った。

「実は、自分のような者が発言できる通信のようなものを作りたいの」

すると、バトーさんは意外なことを口にした。

「もし出したら、私どもの機関誌でも紹介することができますよ」

わー、何という援護射撃。私はバトーさんのその一言で、通信を発刊しようと思った。

でも、自分で通信を立ち上げることは、とても勇気の要ることだ。発行場所はどこにする？　やはり自宅を拠点にしなければならないのかな、などと思い、それで私は、いったんは躊躇した。それで私はバトーさんに、「私には通信を発刊する自信がないです」と言った。

本当のことを言えば、このとき、背中を押して欲しかったのだが、そういうことは、とくになかった。

今（二〇一八）の時代だったら、ブログやSNSなどで自分の意見を書いて、コメント欄を解放すればそれですむことだろう。でも、日本でネットが普及し始めるには、このころから、あと、十年ぐらいを待たなければならなかったし、当時はまだ自分にも、そうした先の時代の流れを読むことができなかった。

通信のタイトルは『発言する当事者の自主通信』とした。

「当事者の」と入れたのは、このころの不登校関係の各種の会の機関誌は、専門家や親の立場の人たちが主導していて、当事者の手になる機関誌は、少なくとも私の知る限りでは皆無だったからだ。ただこれでは長いので、愛称を『こうもり通信』とした。これは、軽度の障害のため、健常者の側にも障害者の側にも居場所がない人の発言の場となることを願って命名した。

あとは「回り道の会」のバトーさんの助言に従って、自分のオフィスに名前をつけたほうがいいと思い、私は自分の〝オフィス〟に、「明☆楽」（仮名）と名前をつけた。これは、「回り道の会」から、「明るく・楽しく」しなさいということを厳命されたからだ。

そして、創刊号の巻頭辞として、こういう原稿を書いた。

私が中学でいじめの洗礼を受けてから、すでに一回りと三年が過ぎようとしています。教育・いじめ問題も時代とともに移り変わり、当時産声を上げた赤ん坊が、中学に入学するまでに時が流れました。私は、いじめのターゲットにされ続けて以来、マスコミや関係者に、積極的に投書を始めるようになりました。受験勉強はもちろん、登校拒否に伴う極度の落ち込み、また投薬の副作用に伴う諸機能の低下で、文を書きたくてもほとんど書けなかった時期も長く続きました。

が、そういう状況の中でも、出来る限りの力を振り絞って、いじめ問題や、教育問題、及び治療や投薬などの二次的な問題について、新聞に、カウンセラーに、テレビ番組に、関係者に、また、最近ではそういう方面の会に、かれこれ半生以上を、訴えるために費やし続けて来ました。しかし、それら十有余年来の労力の結果は、少なくとも私にとっては、ないも同然と言わなければなりません。

時節に応じて書いた内容を、新聞が扱い始めるのに、五年から六年も待つのは当たり前でした。私が普通科高校を途中で去ってしばらくしてから、ようやくテレビや新聞も、ぼちぼちと「いじめ問題」を取り上げるようになりました。そうしたタイムラグは、カウンセラーや投薬の問題についても、同じことが言えます。

たしかに現在、学齢期を迎える人たちにとっては、明るいものも見え始めてきているようです。新聞によっては、学生年代中心の投書コラムも用意されています。が、十年前にはそのようなものはどこにもありませんでした。同様の理由で、現在、学齢期にある人を対象にしたコラムやレポート、会などは非常に多くなりましたが、すでに大人となり、学校は遠い過去のものになり、いじめや治療の後遺症に直面している人たちの会やレポートは、私の知る限り、まだ存在しないようです。どこかの会で扱われているとしても、情報も僅少で、非常に補足的な扱われ方しかされていないことを知るようになりました。

今後のこの通信の課題でもありますが、「学校」についての討議はこれほど盛んになったにもかかわらず、いじめの後遺症、さらにはそれから生じる差別などの問題は、まったくと言っていいほど見過ごされているのが実状です。

今までも私はそれなりに活動して来ましたが、必要に迫られた主張とはいえ、そうした声が、決して当事者に達しないまま、デスクの塵芥に帰してしまうか、あるいは単に素材として利用されるのがわかるにつれ、マスメディアへの意見や主張は、労力の浪費、無駄以外の、なにものでもないことを悟るようになりました。

ですから私は、五年以上も考えた末、自力で通信を出すことにしました。当事者としての意見の主張を、関心のある大勢の人に読んでもらうと同時に、集まっていない、必要な情報を集め、当事者同士で共有することです。それを自費出版の単行本ではなく、あえてレポートの形態を採ったのは、《パイオニア世代》に属したがために、いかなる試行錯誤的な努力も空しく、世論から忘れ去られようとしている同志たちにも、発言していただきたく思ったからです。

すべての人が、必ずしも人前で話が出来るとは限りません。話すのが上手な人もいる一方、文章だと書ける人もいます。

ですからこのレポートでは、対象・テーマを絞りたいと思います。そして、見落とされ、忘れられている側面を少しずつでも補っていければ、と考えています。


そして中身は、最近、某新聞に投書したもののボツになった原稿を掲載した。

「『いじめ』から十有余年」

私は今、家にいます。高二の時に通信制高校に転校し、精神科での通院歴は今年で十一年を迎えます。当時は「いじめ」に関する報道はなく、また今現在のような学校に関する論議もまったくありませんでした。

それらの問題に関して、ようやくマスコミによる報道がされ始めたのは、私が普通科高校を去った後のことです。しかしながらそれらの報道の大半は「いじめられる方が悪い」という論調のものばかりで、日々刻々、助けを求めて読む記事は、不安をますます増し加えるものとなりました。

私には幼児時から脳神経系の弱点がありましたが、それは非常に些細なものなので、努力により集団適応、社会参加が出来るものだと信じていました。が、今は、それら普通学級への適応のための努力の結果、もはや集団適応どころか、日常生活においてですら、非常な困難を感じます。

かつて、私がいじめを受けていたときに聞かされた「冬は必ず春になる」との言葉からもう、一回り以上が経ちます。もし仮に今、私が中高時代を迎えていたならば、自らの意思で学校を去っていたことでしょう。しかし今から十年前には、そのような歩み方は、まったく許されなかったのです。

あとは、自分の力だけではどうにも社会参加は無理だから援軍が欲しいという意味の内容の特集や、障害を持った人の不登校についてや、治療の問題についてや、あの例の新聞記事についても書いた。

それで、自分のような発言の場に恵まれない当事者のために、「寄せられた投稿および手紙は原則、誌面の許す限り掲載します」とも書いた。

そして、レイアウトしながらワープロで印字をし、版下を何枚か作って、送り先のリストを作って部数の計算などをし、それからコピーサービスのある、とあるお店に行った。

するど、学生服の一団がそのコピー機を使用中で、彼らがワイワイ騒ぎながら教科書やノートなんかをコピーしているのを見ながらその後ろに並んで、三〇分ぐらいが経った。

ようやく私の順番が来て、コピー機に原稿をセットしてすぐ、私の真後ろに、背の高い男性が、あたかもくっつくように張りついた。

身体の接触。それは自閉症の私が、とっても、とっても、とっても、苦手としているものだった。

実はこのとき、パニックが起きてもおかしくなかった。でも私は大部のコピーを取り始めたばかりだし、その場を離れる訳にもいかず、じっと耐えた。その間、ずっと私の頭と背中とお尻に、その人の身体がぴったりとくっついていた。なんか、原稿を勝手に覗かれているようで、嫌な気分だった。

私はその人に、「並んでおられるのですか?」と訊いた。

するとその人は「そうです」と言ったので、私は「急いでおられるのですか?」と言った。

するとその人は「そうです」と言ったので、私は、「私もこの機械を使うのにだいぶ待ったんです。どうかしばらくの間、待っていただけますか? あと、もうちょっと私から離れていただけるとありがたいです」と言ってはみたものの、結局その人は私がコピーを全部、取り終えるまで、ずっと私の背中にくっついたままだった。やはり日本人というのは、満員電車に慣らされているせいで、パーソナルスペースが壊れている人が多いのだろう。

私がコピー代の支払いのため、コピーした枚数を数え上げる段になって、その人は、なぜか数字を読み上げるなどして、数える邪魔(?)をしたのだった。それで何度も数え直す羽目になった。

コピーしたものを持ち帰ってから気がついた。コピー機が古いのか、印字面が線状に掠れて、文字が読み取れない箇所がある。全部廃棄しようかとも思ったが、いまさら、後に引き返すこともできない。仕方がないので、それをホチキスで製本した。

で、私はいつものバトーさんに、「不登校の治療の問題について取り組んでいる会はどこかご存じでしょうか?」と手紙で問い合わせて、そののち彼女に電話した。

すると、彼女いわく、「『学校と治療を考えるホゲホゲの会』(仮名)というのがあるから、そこの代表のキドリさん(仮名)に連絡を取るといいですよ」とのことだった。

創刊号は宣伝を兼ねて、(「回り道の会」の人が言うところの)〝各支部〟に無料進呈することにした。ところが、送付先を改めて全部数え直すと、四十九箇所。第三種郵便の割引ラインまで、あと一部、足らない。ところが、その一箇所を、どうしても探すことができなかった。それで、仕方がないので、四十九部のまま発送することにしたが、まあ、ラッキーセブンが七倍だ。

そして、キドリさんにも一部送り、その際に、いつもの自己紹介の手紙に加え、治療の副作用で苦しんでいることを簡単に書いた。

するとキドリさんからこのような意味の手紙が来た。

> あなたが発言したいということがわかりました。独自の通信を出したいということもわかりました。
> あなたが、他のことにも目を向けられんことを。

とあり、当事者が通信を出すことへの異議とか、私信を掲載することに対する異議についても書かれてあった。

要するに彼女は、発刊のコンセプトそのものに疑問を呈してきたのだった。それと、彼女の書いた記事だという、ある雑誌のページの写しも同封されていた。手紙の最後にはこうあった。


治療の副作用から一刻も早く抜け出してください。


でも、「早く抜け出してください」と言われても、かんじんのその具体的な方法については、まったく書かれていなかった。

それで、キドリさんが『自主通信』に対して否定的で、上から目線であることをバトーさんに伝えると、彼女はこう言った。

「あなた、そんなふうなものの見方しかできないのね。とても残念ですね。悲しいことです」

私はその言葉に反応したかったのだが、言うとまた彼女の一方的大演説が始まって収拾がつかなくなると思ったので、私はバトーさんのそのコメントをまるっきり無視して言った。

「で、私が『自主通信』を出したからには、『エコール』の機関誌でも紹介なさっていただけるのですよね？」

すると、彼女はイエスともノーとも言わず、その答えを渋った。

その後も何回かバトーさんに連絡をして、問い合わせを試み続けたものの、やはり、彼女は回答を曖昧にし続けた。

そうした、甚《はなは》だ困難なコミュニケーションをとっていた最中のある日、彼女は言った。

「あなたの通信は、当会の趣旨から外れているので、私たちの発行物での紹介はできません」

でもそのことに私が突っ込むことを彼女は許さなかった。すかさず彼女は言った。

「だってあなた、『私には通信を発刊する自信がないです』と自分で言ったじゃないの」

そして彼女は急に論点を変えて、言った。

「で、送ってみて反応はあったの？」

私が、「三人の人から反応がありました」と伝えると、彼女はこう言った。

「四十九部送って三人も反応があるとは、この種の通信としては、なかなかいい線を行ってますよ」

と、バトーさんはいちおう励ましてくれたものの、それでもやはり、エコールの機関誌で紹介してくれるという約束が果たされなかったのは、とても残念だった。


実を言うと、その三人のうちの二人は、「印字が掠《かす》れていて読めない」という問い合わせだった。

「ちゃんと印字されたものが欲しい」とのことなので、先日行ったコピー機の置いてあるお店に行った。すると、店主は、「今、コピー機を使用中なので、使えません」と言った。

それで私は、数時間後に再び、そのお店に行った。すると先ほどの店主が出てきて、さきほどと同じことを言った。でも、ガラス越しにお店の中を見ると、コピー機の周囲には誰もいない。

私は数日後に同じお店を訪れた。すると店主は、「コピー機は、壊れてしまって使えません」と言った。

でも私の後から来た人がそのお店に入っていき、ガラス越しにその人がコピー機を使うのが見えた。

何が何だかわからなくなったので、私はそのお店を離れた。

まあ自分は障害者だし、つまりはそういうことだろう。そしてどこか他の、コピー機が使えるお店を探した。

この出来事からまもなく、コンビニでのコピーサービスが始まったのだが、まだこのときはそれに間に合わなかったので、私は印字不良で出せなかった中から、コラージュみたいに切り貼りや糊づけして印字不良のない誌面を作り、それを、先の問い合わせをくれた人に送ったのだった。

ところで私は、キドリさんが送ってくれた雑誌のコピーの扱いについて考えていた。基本的に、『自主通信』に送られてきたものは原則、可能な限り全部載せるという約束だが、彼女の送ってくれた、このコピーはどう扱えばよいのだろうか？

すると、購読している「日本経済新聞」の紙面で法律相談があるのを見つけたので、私信や投稿物や送付物について通信に載せることについて質問してみた。

そうしたら、自分の質問（正確に言うと、これが自分の人生のなかで二番目に大手メディアの印刷物になったものになる）と、専門家による回答が載った。そこには著作権やプライバシー権やパブリシティ権などのことについて書かれていた。

なんか、『自主通信』のコンセプトが根底から揺さぶられてしまった。私信や投稿物を載せるためには、相手の同意を取りつけるなど、いろいろと難しいことをクリアしなければならないらしい。自閉症の自分にとっては、そうした事務上のやりとりだけでも、果てしなく困難なように思えた。

いずれにせよ、コピーサービスはもう使えない。

それで私は、もう『自主通信』は続けられない旨を、購読を申し込みしてくれた人、とりわけ、投稿をしてくれた人にお詫びをした。『自主通信』という、若気の至りによる試みではあったが、自分の主張に、三人もの人がついてきてくれたことに、私は神に感謝した。

＊　＊　＊

以前からも「エコール」のバトーさんに電話すると、彼女の言うことが長くて、しかも早口で意味不明だったのだが、私が『自主通信』を出した後は、とりわけその傾向が強くなった。

ある日、私が彼女に電話をすると、彼女はいきなり、怒った声で、「あのね、ボランティアというのはね、☆※△×▼◎≠★＊□◇※＠×●※◇◎≠＊×△★！」と言った。

何か意味不明だったが、私はとりあえず、場をなだめようとして、「ごめんね」と言った。

すると彼女は、さらに怒って言った。

「モリグチさんは、謝り過ぎる！！！　＠×●※◇◎≠＊×△★＠×●※◇◎≠＊×△★！」

それで私が、「怒ってるの？」と訊くと、彼女は、「そういうことを訊くのは非常識です！　あなた、本当に私を怒らせたいのですね！　☆※△×▼◎≠★＊□◇※＠×！」と言った。

私としては、何かバトーさんがたまたま虫の居所が悪いのか、それともメンタルがやられているのか、いずれにせよ、なんかとてもヤバい感じがしたので、関わらないほうがいいのかな？とも思ったが、ここ「エコール」の他に窓口となってくれるようなところは当時、他にはどこにもなかったから、それからも私は「エコール」に問い合わせを試み続けるしかなかったのだった。

ある日、「エコール」に電話をすると、いつもと違う人だった。

その人はバトーさんと比べれば、比較的、人の話をよく聞いてくれる人だった。

それで私はその人に、こう言った。

「私、何度もそちら様に投稿しているのに、どうして載せていただけないんですか？」

するとと彼女は言った。

「投稿に、『掲載希望』と朱書きしておられますか？　これまで投稿をこちらの裁量で載せたら、クレームがつくことが多かったので」

「そうだったのですか……。今までまったく存じ上げませんでした。失礼なことを申し上げてすみませんでした」とか何とか言って電話を切った後で、「エコール」の機関誌を隅から隅まで見たが、そうした投稿規定については、とくに書かれていなかった。

私は、こうした不文律がとても苦手だ。


後日、「エコール」に電話すると、いつものバトーさんが出て、こう言った。

「こないだ、うちのボスと話をされたんですね」

何と、ボス！　この人が、アケチさん（仮名）といって、「エコール」を設立した、その世界ではとても力を持つ、いわば超有名人だ。私は言った。

「ボスでいらしたんですか。まったく存じ上げませんでした。彼女も応対の電話に出られることがあるんですね」

「ええ、たまに出てます。動向を知るためにね」

「なんかあのときの私、失礼なことを言ってしまったみたいなんですが」

「投稿の朱書きのことですね。うちで投書を載せるにはそのようにする決まりになっています」

で、私は、「でもそういう決まりがあるのなら、きちんと明文化してもらわないと、私のような、暗黙の了解が理解できない人にとっては困るのですが」と言おうとしたのだが、バトーさんがお喋りなので、言い出すことができなかった。

それで、その件について改めて申し上げようと、別の機会にバトーさんに電話をしたのだが、彼女は、こちらの要件も聞かずにいきなり喋り出すので、私は言った。

「私、自分の話を聞いていただきたいんです」

するとバトーさんはぶっきらぼうに、「じゃあ、話しなさいよ」と言った。

それで私は、今まで話したかったことを話そうとした。その朱書きの件のことについてとか、それに、電話応対のスタッフが一方的に喋りまくるのではなく、いじめで魂が壊れた人が、自分のことを話して傾聴してもらう場所がどこかにあってもいいのではないか、という内容の話をしたつもりだった。

ところがバトーさんは、私が話している間、ウンともスンとも言わず、それどころか気配すら消してしまったようだった。何というか、電話の向こうが中空になったような感じがして、まったく反応がない。

それで私は、「もしもし」と言った。でも反応がない。それで、もう一度、「もしもーし」と言った。それでも反応がない。それで今度は大声で、「もしもーーーーーし！」と言った。

するとバトーさんは吐き捨てるように、「聞いていますよ」と言った。

それで私が彼女に、「バトーさんは、相槌の仕方がわからないんですよね」と言うと、彼女はいつもの、「☆※△×▼◎≠★＊□◇※@×●※◇◎≠＊×△★！」となり、耳障りなので私は電話を切った。

その後で私は思った。

もし、相槌の間の取り方が本当にわからないのなら、彼女もまた、そっち系なのだろう、と。

何で私は「エコール」に受け容れてもらえないのか？と考えた。もしかしてそれは、私が《意見》を言おうとしているからなのではないか？というのも、意見とか、思想の違いというのは、対立を生むことがある。だから、意見ではなく、アーティスティックな作品なら、受け容れてもらえるかもしれない……と、私は儚《はかな》い望みを懸けた。

そういえば、かつて「回り道の会」にオリジナル曲のデモテープを送ったときに、一緒に作った歌詞集が、四部あったのを思い出した。

私はそれから一部を取り、「エコール」のバトーさん宛に送ってみた。

⁂

すると数日後、バトーさんが、いかにも慌てふためいた様子で私に電話を掛けてきた。彼女は言った。

「送ってくれた歌詞集を失くしてしまったので、大至急、送ってください！」

私としてはこのとき、原稿の利用目的とか、請求理由だとか、いろいろ尋ねたいことはあったものの、なんかバトーさんが、とってもパニクっていて、あまりにも興奮していたので、到底、質問できる状況にはなかった。とにかく今はとても急いでおられるみたいだから、とりあえず送っておいて、訊きたいことは、後でゆとりのあるときに尋ねればいい、と思った。

私がそう思いを巡らしていると、彼女はわめいた。

「大至急送ってください！　大至急！　今すぐ！」

私はバトーさんのその言い方から、何か緊急の納期か締切でもあるのかなと思って、私は大急ぎで三部のうち一部を取って、病気がちでひきこもりなのを無理して郵便局に行き、速達で「エコール」宛に送った。

数日後、彼女から電話があった。

「大至急、歌詞集を送ってください！」

それで私は言った。

「ご請求いただいた歌詞集なら、先日、速達でお送りしました」

すると、けたたましく彼女は急き立てた。

「その送っていただいた歌詞集を紛失してしまったんです！　だからもう一度、大至急、送ってください！　大々ゝ大至急！」

それで私は、残り二部のうち一部を取って、大急ぎで郵便局に行った。


すると、数日後、また彼女から連絡があった。

「もう一度、大至急、歌詞集を送ってください！」

私は言った。

「それなら、先日、速達でお送りしました。すでに二回、ご請求いただきましたので、二回ともすぐにお送りしたはずですが」

「その送っていただいた歌詞集を両方とも紛失してしまったんです！　だからあと、もう一度、大至急、送ってください！」

「つまり、あなたは私の大切な歌詞集を三度も紛失させたんですよね」

彼女はそのことについてはノーコメントのまま、激高しながら言った。

「とにかく大至急！今すぐ！直ちに！」

私は言った。

「もうこれは、あと一部しかないし、自分の手元に取っておきたいので、これをお送りすることはできません」

実際、これは最後の一部だし、コピーサービスはもう使えないから、この最後のだけは、このときはどうしても送ることができなかった。

とにかく私としては、請求目的や利用目的をはっきりさせてもらいたかった。ただ、「大至急」ということから察するに、つまり締切があるということだから、これは間違いなく「エコール」「登校拒否を考えるほにゃららの会」が関与したものであろうことは否定しようがなかった。だが結局、原稿を紛失させたことに対するバトーさんや「エコール」からの謝罪は、その後も一切、なかった。


そうしたところに、テレビとラジオの両方で、あるところが登校拒否の本人たちの書いた原稿を募集しているということを知った。それで放送局に連絡して、その応募先の宛名を教えてもらい、そこに、思い切って、残る最後の一部を送った。

すると、一年ぐらい経って、その歌詞集の一部も収録された分厚い単行本（※『子どもたちが語る登校拒否――402人のメッセージ』石川憲彦、内田良子、山下英三郎編、世織書房、一九九三）が届いた。なんか、発言の場を得るためのこれまでの闘いと難儀さと比べれば、実にあっけないほどスムーズに載せてもらえた。ただ、載ったものは、私の名前を間違えていた。「森口奈緒美」が、「森口奈緒子」になっている。それにもう私は子どもではないし。

本当のことを言うと、この最後の一部をそこに送付する際、「エコール」のバトーさんに、二重投稿の可否について問い合わせを試みたのだが、彼女が不在だったので、それは叶わなかった。


そしてそれからも、「エコール」のバトーさんに、彼女が大至急請求した、歌詞集の利用目的や請求目的などについて（紛失とのことのだから、その経路についても知りたかった）、問い合わせるべく電話をした。

すると、応対した人は、「バトーさんは三カ月の休暇を取っています」と言った。

それで、私は、三カ月、ずっと待ち続けた。

待っている間にやっていたことはこの後に書く（※本書一二六 - 一三二頁）としても、三カ月。

どえらい長い時間だ。

それは若かった私にとって、より一層、長い、長い期間に思えた。

だが私は、質問を堪えきれない自分を抑えて、とにかく、その間、待ったのだった。


待つ。待つ。待つ待つ待つ。ひたすら待つ。待ち続ける。待つ。待つ。待つ。

待って、待って、待って、待って、ずっと、待つ。待つ。待つ。待つ。

待つ待つ待つ待つ待つ待つ待つ待つ待つ待つ。


なんかこう書いているとゲシュタルト崩壊してくるけど。


そしてやっと三カ月が経ったある日、私は「エコール」に電話した。

すると、応対に出た人は、「バトーさんは六カ月の休暇を取っています」と言った。

えっ、また、待たなくてはいけないのか？　あと、三カ月も。

私は少し、げんなりした。

でも、六カ月の休暇というなら、とりあえず、あと、三カ月、待ってみよう。

そして私は、作曲したり、そっちのほうの知り合いと折衝しながら、ともあれ三カ月、待ったのだった。


待つ。。。　待つ。。。　待つ。　待つ。　待つ。　待つ。。。　待つ。。。　待つ。。。。。

ただ、、、　ひたすら待つ。。。　待ち続ける。。。　ずっと、、、　ずっと、、、　待つ。。。。。

待つ。。。　待つ。。。　待つ。　待つ。　待つ。　待つ。。。　待つ。。。　待つ。。。。。


かくして、私は、さらに三カ月が経った後、「エコール」に電話した。

すると、応対の人は、「バトーさんは十カ月の休暇を取っています」と言った。

え？なんか、だんだん伸び伸びになってくる。

このまま、相手の言うことを素直に信じてもいいのだろうか？

私はこのとき、本当に不安になった。

ともあれ私は、それから四カ月の間、作曲とか投稿とかしながら時間を潰して、さらに四カ月待った。


待つ。　待つ。　待つ。。　待つ。。　待つ。。。。　待つ。。。。。　待つ。。。。。。。。。。

ひたすら、、、　ひたすら、、、、　待つ、、、　待つ、、、、　待ち続ける。。。。。。。。。。

待つ。　待つ。　待つ。。　待つ。。　待つ。。。。　待つ。。。。。　待つ。。。。。。。。。。

ひたすら、、、ひたすら、、、、待つ、、、待つ、、、、待ち続ける。。。。。。。。

お前待ち待ち蚊帳の外。


そして四カ月経った後、私は久しぶりに「エコール」に電話した。

すると、応対の人は、「バトーさんは一年の休暇を取っています」と言った。

何と。私は結局、十カ月も無駄にしてしまった。それも、ただひたすら、待ち続けるためだけに。

でも先方の言う、一年というのを信じて、私は、さらに二カ月間、待った。


待つ。。。。。。。。待つ。。。。。。。。待つ。。。。。。。。待つ。。。。。。。。待つ。。。。。。。。

待つ。。。。。。。。待つ。。。。。。。。待つ。。。。。。。。待つ。。。。。。。。待つ。。。。。。。。


そして、二カ月が経過した後、電話をした。

応対の人は言った。

「バトーさんは『エコール』を辞められました」

なんていうか、すんごい長い時間。――というか、若いときの貴重で大切な時間が、まる一年間、こうやって無為に過ぎていったことが、とても悔しかった。

私は無性に腹が立ってきた。そして、ずっと抑え込んで溜まりに溜まっていた、一年間の怒りが一気に噴出した。

私はその電話の相手に言った。

「あのね、あなた方は最初、三カ月とおっしゃったんです。それが、問い合わせる度に、六カ月、十カ月、一年と伸び伸びになってきたんです。もし最初からバトーさんが辞められるということがわかっていれば、こんなに一年間も棒に振らなかったです。なぜ最初から『バトーさんは辞めました』とおっしゃってくださらないのですか？」

すると、電話の相手のその人は言った。

「それは、彼女の個人的なことですから、私たちにはわかりません」

私は言った。

「私は、『エコール』のバトーさんに問い合わせているんです。バトーさんがいらっしゃらないのなら、当然、引き継ぎはなされておられるんですよね？」

するとその人は言った。

「それは、私たちにはわかりません」

それで私は言った。

「ではここで、本来ならバトーさんに伝えるべき用件を申し上げます。一年前に彼女が請求した原稿の利用目的を教えてください」

すると窓口の人は、「何のこと？」と言った。

私は言った。なんか無性にイライラしてきた。

「『何のこと？』とは何ですか？　あなた方が何度も急かして原稿を再三、大至急送らせたことをご存じでいらっしゃらないのですか？」

「それは、私たちにはわかりません」

私はついに脳天に来て、言った。

「あのね、さんざん待たせておいたうえ、『わかりません』『わかりません』って、私のことを馬鹿にしておられるのですか？」

すると彼女は、「そんなー」と言った。

私が、「もし私の言っていることが本当におわかりにならないのなら、そちら様からバトーさんに問い合わせていただくことはかないませんか？」と言うと、彼女は言った。

「バトーさんは『エコール』をすでに辞められているので、それはできません」

私はついに激怒した。

「どうもありがとうございました！」

私は受話器を叩きつけ、電話を切った。

――だめだこりゃ。なんか、何を言っても糠に釘というか、馬鹿馬鹿しくなってきた。興奮と怒りで心臓がバクバクする。やはり怒るのは身体によくない。

⁂

私は「エコール」のボスであるアケチさん宛てに、その歌詞集のことや、「エコール」との電話などで生じた、さまざまな酷いことについて、手紙を書いた。

すると、忙しいボスがわざわざ時間を割いて、丁寧な手紙を書いてくださった。とりわけ、コミュニケーションがうまくいかなかったことに、一応はお詫びもしてくれた。

そのこと自体については感謝もできるのだが、かんじんの問い合わせていた歌詞集のことについては、「心当たりがありません」とのことだった。そして、私がどうしても知りたいのは、歌詞集の請求理由。利用目的。そして紛失経路。三回も粉失させたのだから、その三回のそれぞれについて、それもなるべく具体的に。

それにしても、あれほど、けたたましく再三、急き立てておきながら、「心当たりがありません」というのも、いったいどういうことなのだろうか？　もしかしたら「エコール」とは関係なくバトーさんが独断で請求した可能性も考えたが、それだと「大至急」の正当な理由がどうしても思いつかなかった。なんか軽んじられているというか、馬鹿にされているというか、舐められているというか、まるでキツネにつままれているみたいとでもいうべきか、なんとも謎というしかなかった。

私は改めて、その件について問い合わせようと「エコール」に連絡して、対応に出た人に、こう言った。

「バトーさんがいらしたときにスタッフだった人で、今も在籍なさっている方はいらっしゃいませんか？」

すると、その応対の人はこう言った。

「となりますと、あとは、うちのボスしかいませんが」ということで、ボスのアケチさんが電話対応に出てきた。彼女は言った。

「ああ、モリグチさんね。あなたのことはよくわかったので、余所に行っていただけますか？　バトーさんのご自宅に電話してください」そして彼女は続けた。

「あっそーだ。あなた、『ラクチナ』に行かれたことがあるから、ご相談はそこにお願いできますか？」

私は言おうとした。これは相談ではない、問い合わせなのだけど。

それで私は、「投書や投稿はどういう使われ方をしているんですか？」と訊いた。

すると彼女は、「モリグチさんの望む仕方とは違う仕方で使わせてもらっています」と言った。

それで私は、「それって具体的にどういうことなのか教えていただけますか?」と訊いたはずなのだが、私がそのように言ったときには、すでに電話は切れていた。


それで私は「ラクチナ」に電話した。リョーリさんが出たので、私は彼女にこう言った。

「もしもしお久しぶりです、モリグチです。今お時間宜しいですか?」

するとリョーリさんは、「あらお久しぶりね。何でしょう?」と言ったので、私はこう言った。

「実は、『エコール』で問題が生じたのですが、その問い合わせや相談を『ラクチナ』でするようにと言われまして……」

私がそう言い終わらないうちに、彼女はムッとしたのか、そのまま電話を切った。そして、二度と「ラクチナ」は、私とコンタクトを取ろうとはしなくなった。


それで私はアケチさんの指示に従い、バトーさんの自宅に電話した。

すると彼女は、電話口に出たときにはすでになぜか怒っていて、「これは、成り行きなの」と言った。それは、有無を言わさずという態度だった。彼女は繰り返した。

「これは、な・り・ゆ・き。成り行きなの!!!」

一瞬、「なりゆき」って人の名前かとも思ったけど、私がそれに抗議しようとすると、彼女は、「どうして今ごろ、電話してくるの?」と訊いた。

私が、「『エコール』に問い合わせがあって……」と言いかけると、彼女は、「『エコール』のことは『エコール』

に訊いてください」と言った。私が、『『エコール』のボスがあなたに連絡するようにと言ったから……」と言いかけたら、彼女は私の言葉を割って、「今、アケチさんは忙しいの」と言った。そして彼女は厳しい口調で言った。

「さあ、あなた、アケチさんからそういうふうに言われて、どんな気持ちがした？」

気持ち。私は「回り道の会」のバトーさんから「ビジネスライクに」（※本書六三頁）と言われて以来、この手の支援者と接する際には、ずっとその流儀を守ってきた。これはビジネスなのだから、そこに自分の《気持ち》を混ぜるつもりはなかった。さらには、私は自分の気持ちなどは、「エコール」みたいな、人の気持ちを踏みにじるところには絶対に言いたくはなかった。――というか、自分の内心を言葉の暴力から守るため、むしろ隠しておきたかった。私は言った。

「これは事務的な問い合わせであって、私がどんな気持ちがしたかとか、そういうことではないと思うんです」

でも彼女はその私の言葉を断ち割って、「ちょっと、聞きなさいよ！」と怒鳴ったうえ、凄んで言った。

「さあ、アケチさんからそのように言われて、どのように感じたか、言いなさい！」

彼女は何回かそういうふうに言った。

「さあ、どんな気持ちがしたか、言いなさい！」そしてさらに彼女は畳み掛けた。

「いいから、早く、言いなさい！！！」

その気迫に私がびっくりしていると、彼女はなおも怒鳴った。

「言いなさい！」

それで私は彼女の気迫に根負けして、「とても残念で悲しい気持ちがしました」と言ったら、彼女はとてつもない剣幕で言った。

「じゃあそれを、『エコール』のアケチさんに言いなさい！」

そして電話は切れた。

私はバトーさんから指示された通りに、「エコール」のアケチさんに伝えようとして、「エコール」に電話した。

私が、「もしもし、モリグチです」と名乗ると、先方は、鼻に掛かった声で、「あ、あなたね」と言った。そして、「今、忙しいの」と言って、電話を切った。

それで私は、バトーさんから指示されたことをアケチさんに伝えることができなかった、ということをバトーさんに伝えようと思い、彼女に電話をした。

すると、しばらく彼女から意味不明な謎の叱責をされた後、彼女は言った。

「私はもう、あなたの窓口ではないの。プライベートモードなの」彼女はさらに続けた。

「今までは私はあなたの窓口だったけど、これからは、あなたと私は対等なの」そして彼女は、続けた。

「今まではあなたからの相談を一方的に受け入れていたけど、これからは、お互いに対等な友人なの」

そして彼女は凄んで言った。

「だから、さあ、今からあなたは、このように言いなさい！　『私はあなたのお友達になりたいと思います』と言いなさい！　今すぐ私の言った通りに言いなさい！」

凄い剣幕だったので、なんだか私が茫然としていると、彼女は、「言いなさい！　今すぐ言いなさい！」と怒鳴った。

私が黙っていると、彼女はさらに、「言いなさい！　言いなさい！　今すぐ言いなさい！」と畳みかけてきた。

それでも私が黙っていると（とても怖かったので固まってしまい、どうすることもできなかった）、彼女は、

『私はあなたのお友達になりたいと思います』とさっさと早く言いなさい！」と言った。そして彼女は修羅の形相をして迫った。

「今すぐ、言いなさーーーーい！」

それで私はバトーさんの勢いに負けて、ついに、こう言ってしまったのだった。

「私はあなたのお友達になりたいと思います……」

言わされた後で、電話口でのやりとりですらこうなんだから、これが実際の密室で、私のような障害を持った人が、これと同様なやりとりをしたら、これではいくらでも自白させ放題だし、調書の偽造とか、捏造とか、でっち上げとか、やりたい放題だなと思った。私は、バトーさんのこうした心理テクニックと同じものが、捜査や犯罪に悪用されなければいい、と思った。

というか、自分の意に沿わないことを強制的に言わされるのって、これって私はバトーさんのロボットか？

でもテレビや新聞などのマスコミは、なぜか、「自主性を尊重する『エコール』」と報道しているし。

まあ、あながちそれは間違ってはいない。スタッフの自主性を尊重するから。

⁂

しばらくすると、彼女から長い手紙が届いた。でも、その手紙はとても長く、しかも段落さえ分けられていない、とても読みにくい手紙だったし、文面から邪気を放っているのがわかり、読むと気分が悪くなったので、途中で読むのを止めた。

手紙の中には、枯葉の成れの果てと思われる、細かいゴミが入っていた。

普段は私がバトーさんに電話することが多かったのだが、ある日、バトーさんのほうから私のほうに電話が掛かってきた。彼女は言った。

「あなたは、電話は控えて欲しいと言ったけど、今私は○○○○○○○○○で、○○○○○○○○だから電話したの」

私は、「○○○○○○○○」のところが非常に煩雑で難解で長くて、そのため理解に窮していた。彼女は「今の私はプライベートを大切にしたい」「『ピースボート』に乗って世界旅行していたの」などと長々と言った後、こう言った。

「あなたは『エコール』のことをどう思うの？　ねえ、どう思うの？」彼女は続けた。

「あなたは『エコール』での出来事を許してるの？　『エコール』のことを許すつもりはあるの？」

そしてそれからも彼女は畳みかけながら、長い、長い、質問の羅列を続けた。

「あなたは『エコール』のことをどうして悪く言うの？　『エコール』の子どもたちの意見を受け容れてるの？」

そういった、似たような内容の質問が延々と続いた。例えるなら、何かの契約書で読めないような小さな字でびっしり書かれているのがあるが、あれの音声版だ。それはまるで詰問されているようにも感じたのだが、前にも書いたように、私は質問されても答えが頭の中ですぐに出てこない。

結局、電話での質問というか詰問は三時間も続き、私は文字通り頭も身体も疲れてふらふらで、一刻も早く休息を取りたかったので、仕方なく、彼女の喋るままに相槌を打ち続けていると、彼女は突然、こう言った。

「これでナオミさんは『エコール』のことを許したんだね」

いや、許してなんかいない、と突っ込もうとしたら、彼女はこうも言った。

「ナオミさんの記憶の中の酷い会の一つに、『エコール』がならなくて、本当によかった」

正直、こういう言われ方ほど酷いものもないと思ったのだが、でもまあ、私にとっての「酷い会」の定義は、自殺者や死者が出ているところだから、それからすれば、「エコール」などは、遥かにずっとましだ――

実を言うと、だいたいこのときぐらいから、バトーさんは都内にある、使われなくなった教会だか倉庫だか空き家だか店舗だかを借りて（※特定を避けるためフェイクを混ぜています）、オープンスペースを設立するべく準備を始めていたようだ。この後、発達障害者も多数、出入りするようになるその場所だが、バトーさんはその新しい居場所のことを、私には一切、言おうとはしなかった。

⁂ ⁂ ⁂

私はバトーさんの指示に従って「エコール」に電話した。

「もしもしモリグチです」

だが私がそう名乗ると、先方は無言ですぐに電話を切った。

「(ガチャン)」

それで私はもう一度電話した。

「もしもし先ほどのモリグチです」

だが私が名乗った途端、先方はすぐに電話を切った。

「(ガチャン)」

数日後、もう一度私は「エコール」に電話をした。だが、結果は同じだった。

どうしよう。これで「エコール」との連絡のチャネルがなくなった。

正攻法の通じない、話し合いのできない相手には、いったいどうすればいいのだろう。

なんか、こういう、人為的に連絡が絶たれた場合の連絡方法って、何かないかな、と考えた。例えば、向こうが一方的に連絡を絶つなら、こちらとしても、何か一方的に送りつけて、相手の反応を待つしかないだろう。

というか、今になって私は気がついた。

これって、あの「回り道の会」のバトーさんがやらかしたことと同じではないか？

あのとき、彼が「エコール」の集会に参加して無視されたことを、印刷物にしていきなり「エコール」に送りつけたこと

（※本書六七頁、七四 - 七五頁）は、なるほど、それだけ聞くと、彼が一方的で非常識で無礼で酷いことをするように思えたのだが、今ならそれなりに理解できる。彼は、「エコール」と話し合おうとすることが、埒が明かないことであり、徒労であり、果てしなき時間の無駄になることがわかっていたので、そのやり方の是非は別にしても、極めて合理的に、かつ現実的に賢く行動したのだということが。

それで私はまず、例の紛失の件に関する経緯を書いた原稿を書いた。そしてそれに、「これは投稿です」と朱書きした。

ただ、原稿を送るだけでは、相手の反応が期待できないから、期限を切ろうと思った。三カ月後だとちょうど年末で切りがいいと思ったが、相手の立場を考えて、何かと腰が重くて忙しい彼らのことだから、それでは足らないだろうと思い、余裕を見て半年後の三月末に設定した。これなら相手も時間的にもじゅうぶんに対応できると思ったし、それに年度末だから切りもいい。それでその原稿と一緒に、「来年の三月末までにお返事をくださら

ない場合は、この原稿を余所に出します」と手紙を書いた。その際、紛失の経緯をできるだけ多くのスタッフたちに周知させるべく、「どうかこの原稿をスタッフたちで回し読みしてください」とも書いて、「エコール」宛に出した。

今でいうこうしたNPOとトラブルになったとき、法曹関係者などが助けてくれる支援があれば、こうしたことをしなくてもすんだと思う。私はこのとき、誰にも相談せず、誰も相談できる人がいないなかで、自分の頭で最善の解を導き出そうと模索していた。だが、自分の頭でとことん考え抜いて行動した結果、まったく知らずに、まるで意図せずに、いつの間にか法を犯すこともあるらしい。だから、そうならないためにも、相談の場は必要だ。とりわけ、私のような困難と障害を持った人のための。

ところで、私が歌詞集を送って、バトーさんたちからずっと待ち惚けを喰らわされていたとき前後から並行して、ずっとやっていたことがある。

私はこのころのひきこもり期間中は、他のいろんな投稿に併せて、いろんなレコード会社に、自分のオリジナル曲を入れたデモテープ（時代ですね）を送っていた。

たまに声が掛かることはあったが、面談でアウトだったりしたこともあった。

その他にも、返事として郵便物が来ることがあった。そうしたある一つを見ると、とある業者のパンフレットだった。それによると、そこの会員になり、オリジナルの曲や詩を登録すれば、その業者が業界へプロモートを代行してくれるというものだった。

生まれつきの障害のため、コミュニケーションの苦手だった私は、その「代行」の二文字に強く惹かれ、会費を払い、そこの会員になった。登録には一件当たりごとに「登録料」というのがあり、それが、高くもなく、安くもなくの絶妙な価格設定だったので、会員は日本全国にいて、作品もたくさん集まっていたようだった。毎月の会費の他、私も月に何作か〝登録〟するから、当時の私としては結構な出費だったりもした。で、毎月、その業者「チャンスネットワークシステム」(以下、「チャンス」)から、会報が送られてくるようになった。

ある月のそこの機関誌に、『ごっつんこ』というタイトルのある詩が掲載されていて、それにつける曲が募集されていた。

早速、私は、オリジナルのデモテープに、所定の料金を払って購入した「応募券」を貼って応募した。

すると、「チャンス」の代表・S氏から私の自宅にじきじきに電話が掛かってきた。

なんでも、その『ごっつんこ』の歌詞の作者が、私の作った曲を、たいそう気に入ったから、その人――謎のクライアントということで「謎C」と呼ぶ――に、私の連絡先を教えてもいいか? ということだった。

私は二つ返事でOKした。

謎C氏から連絡があった。『ごっつんこ』を、別のところに提出するという。だから大至急、楽譜を送ってほしいとのことだった。だが私としては、出すときの状況説明がわからないし、これまた電話が苦手なうえ、自閉症のせいで長い話が理解できないので、謎C氏の言っていることの意味がじゅうぶん把握できない。なんかこう、回りくどくて、冗長で、なかなか要点がわからない。でも何とか相手の連絡先を辛うじてメモして楽譜を送った(電話の内容を聞き取ってメモするというのが、これまた非常に苦手なのだが)。

しばらくすると、謎C氏から郵便物があった。でもそれは、前回のお礼などではなかった。なぜかいきなり歌詞が送られてきて、それに曲をつけて欲しいとのことだった。

私としては、突然そのようにされるよりも、まずは依頼してもいいかどうかを事前に問い合わせて欲しかったのだが、それでも何とか、無償のボランティアで謎C氏の作品『KARIN』に作曲して、アレンジして、録音して、テープに入れて、提出にこぎつけた。

やがて、謎C氏から、急用の電話が、月に何度も掛かってくるようになった。

だいたいは、『ごっつんこ』『KARIN』の楽譜を送って欲しいというものだった。

ただ私としては、その都度、作品作りが中断されるし、なによりも電話というものが苦手だった。電話が掛かってくるその度に、具合が悪いのを押して、速達で楽譜を出しに郵便局に行った。

で、そういう連絡があまりにも頻繁にあるものだから、事前に何部か楽譜を作っておいて、それに一つひとつ署名を入れて、「あらかじめ複数の楽譜を用意しておきますので、急な作品提出の必要が生じた場合は、それで対処なさってください」と書いて送った。

でも、にもかかわらず、いつものペースで謎C氏から急用の電話が掛かってきた。なんでも、「こないだ送ってもらった楽譜は、知り合いの仲間内に全部配ってしまって手持ちがないので、大至急、同じものを送って欲しい」とのことだった。

一応、楽譜には、一般的な応募規定に従って、自分の本名（フリガナ）、住所、電話番号、性別、生年月日が記してある。それが、どこの誰ともわからない、謎C氏の謎の知り合いに頒布されてしまったのがとても不安だった。でも、プロになるためには自分に甘えてはいけないと思い、謎C氏に、急いで楽譜を速達で送った。

基本的に私は、モノを作り出すときは、とてつもなく時間がないとできない。せめて期限が、一週間後とかであれば、まだ対処も可能なのだが、謎C氏の設定する期限は、毎回、毎回、「三日後」「二日後」である。郵送であればギリギリである。健常者であれば、そういった火急の、慌ただしいスケジュールにもついていけるのかもしれないが、障害があると、そうした健常者のペースについていけないということが生じる。

それにこちらにも自分の生活があり、予定があるから、そうした要求を受け容れるのは非常に難しい場合もある。というか、これは実際、謎C氏の要求を受け容れたために、私にとって非常に大事な予定が、何度か犠牲になったこともあった。だが、プロになるためには、万難を排する気持ちでいたので、先方の希望を叶えるよう、どんなに無理があっても、可能な限り、最大限の配慮と努力をしていたつもりだった。

でも、それがあるとき、どうにも不可能になったときがあった。

あるとき、いつもの謎C氏から、『ごっつんこ』（「チャンス」の会報に載った謎C氏の作品に私が曲をつけたもの）のテープを送って欲しい」と、急な電話が掛かってきた。

ところでそのテープは、そもそもは私が「チャンス」に送ったものなのだが、なぜかたまたまこのときに限って、控えというかバックアップは取っていなかった……。というか、その送ったテープが実質的にマスターテープのようなものだった。そしてこのとき、録音に使った機械を修理か何かでたまたま片づけてしまっていたので、すぐに同じテープを作成するのは不可能な状態にあった。

それで、私は謎C氏に、「今すぐは（かれこれこういう理由で）無理だから、しばらく待っていただければありがたいです。ご希望に応じることができなくて申し訳ございません」と伝えた。

手紙は、なるべく失礼にならないよう、できる限り丁寧に書いたつもりだった。

謎C氏から激おこの手紙が来た。併せて、いつだったか「チャンス」の会報とは別に、謎C氏からの求めに応じて私が作曲した、『ＫＡＲＩＮ』の曲を入れたテープも、梱包材ごと突き返されてきた。そして、こういう意味のことが書かれていた。

『『KARIN』は絶望的な心境を謡った詩なので、こんなノリノリのアップテンポな曲をつけてもらっても困ります』という意味のクレーム？ だとか（だったら発注の際に曲調の要望を書いておいてね）、いつだったか私が謎C氏宛の宛名書きの敬称に「様」ではなく「先生」と書いたことにも苦情が書かれてあったり（謎C氏が非常に高圧的なので、私がこれはとても身分が高くて偉い人なのだと思って、そのように書いた）で、他にもその手紙には、たくさんの不満と怒りと文句が書かれてあった。

なんか、ビジネスの文書なのに感情剥き出し&丸出しの手紙で、例によって長くてよくわからない内容だったのだが（意味不明な手紙やメールなどの読解・解読を助けてくれる支援があればいいと思う）、要するに私が自分の都合のために謎C氏の求めに応じて作品を提出できなかったことで、彼女がとても立腹しているということだけは辛うじてわかった。

その文面の中で、私は一つの文章に釘づけになった。

「今後、私が作品を提出していく際、『作曲者・森口奈緒美』とは二度と書きません」

私は茫然となりつつも、この意味についてよく考えた。

それっていったいどういう使い方をするつもりなのですか？？？？と問い合わせたい気持ちはあったものの、その手紙の末尾に、「あなたからの手紙は読まずに破り捨てます」という意味のことが書かれていたので、当時としては、もはや、どうにもならなかった。

ということはやはり、オリジナル作品の権利を守ってくれる人なり仕組みなりがないと駄目だ、と思った。

元気な健常者のペースに合わせていくのは疲れる。健常者たちからすれば普通のペースなのかもしれないが、少なくとも私のような障害を持った人から見ると、例えばこの謎C氏のやり方をみてもわかるように、あまりにも一方的で自分勝手で強引なのだ。とりわけ、独自のペースにこだわる自閉症の人にとって、相手のペースに合わせる、ということは最も苦手なことの一つでもあり、それゆえに仕事上の障害にもなり得る、ということが今回の件でわかったことだ（だから、健常者たちが言うところの、私のような障害者に合わせるのが疲れる、というのもそれなりにわかるのだが……）。

それでも私は相手に合わせて、一生懸命、頑張ったものの、結局、謎C氏の口や手紙から、「ありがとう」の一言が発せられたことは、ついに一度も、なかった。もちろん、例えば私みたいに自閉症で、生まれつきコミュニケーションに重篤な障害を抱えていたりすると、適切なタイミングで「ありがとう」を言うのが非常に難しい場合もあるのだが、この謎C氏の場合は、それとはまた違う感じだった。

この謎C氏は「チャンス」の中では実績のある人らしく、組織内では持ち上げられていたらしいのだが、その代わり、アマチュアの弱みというか足元を見て、人をアゴでこき使うような人だった。場所・人によるのかもしれないが、何というか、シビアというか、一言で言うなら人使いが荒かった。

ちなみに、私も参加した、ある音楽関係の集まりでは、こういうことは一切、なかった（※このときの様子は拙著『平行線』二六六 - 二九一頁で書いています）。

どうやら、障害者が仕事をする（今回の場合はノーギャラだったが、仕事に繋げるための仕事ということで）ということは、健常者の側に、たくさんの不満と怒りとフラストレーションを与えることになるらしい。それが、自分の得意なことであったとしても、である。実際、得意なことや好きなことやできることでやっていこうとしても、その得意なことや好きなことやできることの周りには、たくさんのできないことやハードルやバリアがある。そのために、得意なことまでが頓挫してしまう。

結局のところ、作品そのものは認められても、その先のビジネスや仕事のやり方や人間関係などがうまくいくとは限らない。だから、そこのところの支援があればいいと思う。

要は、①作品作りはできても、②相手のニーズに応じた作品はできるかという問題もあるし、これが重要なのだが、③相手の設定する納期を守れるか、という問題もある。今回の件で私は①そのものはできても、②は半分クリアで、③はダメだった。というか、一度でも納期を守ることに失敗すれば、全部ご破算になってしまうのだ。

もし仮に、その謎C氏が自閉症といった障害に、多少なりとも理解のある人だったら、また違った結果になっていたかもしれない。でも世の中にはいろんな人がいて、さまざまな感性や考えの人がいる。そのなかには、障害者に理解を示さない、一切配慮しない、という考えや感性の人もいる。

障害者支援の界隈では、障害当事者が「できること」でやっていけばいいではないかという見方がある（とりわけメディアは、好きなことをやって、たまたまうまくいった事例しか取り上げない）が、そのようなわけで、実際の世の中では、得意なことや好きなことやできることでやっていけるなどといった、生易しいものではないのである。

アウトサイダー・アート（アール・ブリュット）では、マネージャーやキュレーターに守られながら創作活動を行っている障害当事者たちもいるが、そういった《守る》仕組みが、弁理士や弁護士も交えたうえで、美術、文芸、音楽などといった、創作活動を行う他の障害者たちにも広がっていけばいいのに、と願う。

（※一二六頁よりここまでの初出『アスペハート』第48号、二〇一八年九月）

⁂　⁂　⁂

さて、この話には続きがある。

この「チャンス」という業者は、当時、プロ志願のアマチュアたちから結構な数の作品を集めていて、多少はシングルも出してヒットもそこそこあったようだが、そのわりには、結局、世の中で何のムーブメントも作り出せないまま、いつの間にかどこかに消えてしまったようだった。

今から思うに、その業者は私から見ると審美眼に問題があったように思う。一言で言うと、〝何でこんな作品が選出されるの？〟と思わせるような選考しかしていなかったからだ。まあ、そこら辺のところは論理や理屈で説明できるものではないし、主観的なことと言ってしまえばそれまでなのだが、同様の見立てをしていた人たちは私以外にも、「チャンス」の会員や元会員の中でも、かなりいたようだ。

また、ビジネス上の才覚があったとも思えない。例えば、応募テープは所定の応募券（有料）を貼って「チャンス」に対して応募したものだったが、でもそれが、（「チャンス」代表のＳ氏の私への電話での説明によると）いつの間にか、謎Ｃ氏個人の所有になっていた。とくに、「送られてきた作品を登録すればプロモートする」という約束で応募者に登録料として所定の料金まで払わせて応募させたのなら、やはりその作品は「チャンス」自身が管理また保持するべきなのであって、会員の一人に過ぎない市井の一個人と思われる特定の人に、私の作品を含む応募テープをバックアップを取らないまま譲渡するということは、本来ならば考えられないはずである。

このように、「チャンス」のビジネスには非常にルーズなところがあったので、それもまた、世の中で当たらなかった原因かと思われる。

なかでも最高にルーズだと思えたことは、「チャンス」代表・Ｓ氏が会報誌で、「今度『チャンス』で新たにレコード会社を創るから、会員から出資を募ります」として、会員にその株の購入を呼びかけたときのことだった。

その会社設立の要旨を見ていると、そのときはなんかとても良さげな感じがした。会社を一から立ち上げる（文字通り）機会に立ち会えるチャンスはそうそうないな、と思って、私もこのとき積極的にこの会社に関わろうと思った。

その株主リストを見ると、今となってはウロ覚えだが、だいたい六〇人ないし一二〇人ぐらいがいたように思う。その株を買った動機というのは、私の場合は、会社の設立に一から関わることで、会社の興し方と運営の仕方を勉強しておこうというものだったが、その他の株主たちは、「自分の出資したレコード会社で、自分の曲や歌詞を出したい」といった、〝夢〟を買った人が多かったようだ。

株主総会は、愛知県の蒲郡《がまごおり》の温泉地の旅館を借りて行われた。

報告は文書ではなく、株主を集めて口頭で行われた。

その際、その集会は、「決して録音してはいけない」と〝注意喚起〟が徹底された。

第一期の配当は、「利益を出せなかったので、なし」とのことだった。

しかし、一年後の第二期の株主総会のとき、社長・S氏の口から、驚天動地のことが告げられた。

いわく（概要）、「株で集めた資金を、とあるイベントに全額投資したものの、そのプロジェクトが潰れたので、会社の資金がなくなり、会社が倒産した」というものだった。

なんか、このS氏は分散投資という原則すら、端からわかっていないようだった。

それに、こんな重要な話なのに、「録音はしてはいけない」し、話の内容をメモするのも禁止された。かといって、文書で知らせるわけでもなく、株主を一か所に集めて口頭で告げられただけなので、今となってはその話に証拠があるわけではなく、所詮は聞いた話でしかない。事業報告書すらもなく、そのイベントを主催したとされる事業者名や代表者名、その所在地ですら明らかにされることはなかった。

時代はバブルとその余波に浮かれていて、世の中の雰囲気そのものが、とにかく「株」「投資」みたいな感じだった。私もこのとき、この会社に出資していて、子どものころからコツコツ積み立てていたお小遣いン十万円をパーにしてしまった。株主は、若者（当時）は私一人だけで、他は全員、資金にゆとりのある引退した中高年ばかりで（本稿を書いている時点で、ご存命かどうかもわからない）、なかには、退職金の半額だか全額をぶちこんだ人もいたようだった。

後からでなら、何とでも言える。今から思えば、その会社が〝設立〟された時点で、その登記簿を取っておけばよかったのだが、当時の私はまだ若かったから、その知恵が回らなかった（現在、その会社と同名の企業が存在するが、異業種の、まったく無関係の会社のようだ）。

まあ、この件で警察や検察などが動いたという話は今に至るまで聞かないから、この投資の話が、犯罪性や事件性のあるものではなかったと思われる（たぶん）。

もし仮にそうであったとしても、今となっては時効だし。

〝倒産〟の後まもなく、「チャンス」もろとも、その行方や連絡先がわからなくなった。

風の噂によると、「チャンス」の代表であるS氏は、例の会社がコケた後、「チャンス」を何の前触れもなく放り出し、新たにアマチュアバンドを対象にした「V‐MAP」という、「チャンス」とよく似たシステムを立ち上げたそうだ。だがしかし、S氏はその「V‐MAP」をも途中で投げ出して、新たに俳優志願者のための「H2C2」という、やはり会員制のシステムを立ち上げたものの、それもまた、いつの間にか、どこかに消えてしまった。

なんかこう、S氏には、物事を途中で放り投げる癖があって、結局、どのプロジェクトもモノにしていないようだった。迷惑しているのは、そのようなシステムを信頼して追随し、けなげにオリジナル作品を投稿してきた、かつての私のようなプロ志願のクリエイターたちである。

その後、S氏がどうなったか、どこで何をしているかは知る由もない。

ちなみに「チャンス」によると、「私たちの信用に関わりますので、登録した作品は勝手に余所に売り込んだり投稿したりしないでください」とのことだった（まあ二重投稿はどこでも禁止なのは当たり前だ）が、その業者の消息がわからなくなっている現在にあって、登録したということが、現在も契約として有効なのかどうかというのは非常に気になるところだ（ここいら辺のことは法律の専門家に訊いてみないとわからないけど）。

まあ、要するに、塩漬けということなのだろう。

【Ⅲ】転機、そして試練

そんな、ある年（一九九三年）の十一月、NHKのテレビニュースで、ある外国の自閉症の人の書いた手記のことが紹介されていた。『自閉症だったわたしへ』（ドナ・ウィリアムズ著、河野万里子訳、新潮社）というその本は、すでに海外で大ベストセラーとなっていて、それが日本でも翻訳されて発売された、とのことだった。

私は、その本を紹介したテレビ局に問い合わせて、その際、自閉症の人の書いた本について番組で取り上げてくれたことに御礼をした（※この辺のことは前回の手記『平行線』三〇三頁以降で詳しく書いたので、今回は多少、端折る）。

そして、目的の本を入手した。

それは、私と同じ生まれ年の、同じ女性の、同じ自閉症の人による手記だった。

私も手記を出そうとして、発言の場を得るために、過去五年もの間、迷路の中で格闘し、もがき続けて手子摺《てこず》っているうちに、いつの間にか別の誰かに先んじられてしまったことが、ある意味、とても悔しかった。

でも、それ以上に、やっと自閉症の当事者の声を取り上げてくれたことで、私はとても嬉しかった。なので、その出版社に手紙を書き、その手記を出版してくれた編集者にも御礼をし、その際、自己紹介と問い合わせを兼ねて、自作のオリジナル曲を収めたデモテープを送った。

これとは違う（例の塩漬けの）曲を収めたデモテープは「回り道の会」のバトーさんにも送ったし、その歌詞集なら「エコール」のバトーさんにも送ったことがあったが、そのどちらとも結果が散々だったので、今回もまったく期待していなかった。ただ、そうではあっても、これを切っかけに音楽関係者と繋がればいいなとは思っていた。

そうしたら、予想外のサプライズな出来事が！

何と、ドナの本の編集者から「本を書いてみませんか？」というオファーが来たのだった。

その手紙には、あなたも、ドナさんのように手記を書いて欲しいという意味のことが書かれていた。

なんでも、私のデモテープを聴いたその編集者が、（私が自分で言うのもおこがましいのだが）「これだけの音楽作品を作ることができる人なのだから、きっと本も書けるに違いない」と思ってくれたそうだ（私には勿体なさ過ぎるお言葉だが）。

音楽作品そのもののほうはその後も認められることはなかったものの、作品作りをずっと諦めずに続けてきたことが、結局は報われたような気がした。

やはり、自分の好きなことは続けるに限る。たとえそれが、下手の横好きであっても。


実はそのオファーが来た一九九四年の二月は、あまりのことで、私は二週間ほど、ずっと寝込んでしまったのだった。それでオファーに対して正式に「書きます」と返事をしたのは、三月も下旬になってのことだった。

そういえば、その昔、ある音楽イベントに参加したときに、詮索好きの健常者のミュージシャンに、いろいろ個人的なことを質問されたときに、私は答えに窮して、「三十二歳になったら本を出す！」と、大見得を切ったことがあった。

当時は二十二歳だったから、それから約十年後のことだった。

まもなく私は三十一歳になる。もうすぐ、俗に言う〝厄年〟になるけど、書けるかな。

そして三月末といえば、例の「エコール」に出した質問状の回答期限でもあったが、そのときはまだ、何もないかに見えた。

※　※　※

そんな四月の初旬の新学期のある日、うちに電話が掛かってきた。

「もしもしモリグチです」と私が名乗ると、電話の主は言った。

「私、『エコール』のアケチと言います」

何と、「エコール」のボスからだ。おそらくは私の障害に配慮してくださったのか、なんか発音もきれいでヤケに丁寧でわかりやすい物言いだ。彼女は言った。

「今、私はアメリカのフリースクールに行くために空港にいるので、そこから電話しています。アメリカに行く準備をしていたので、連絡が少し遅くなりました」

アメリカ行き？　空港？　唐突な出だしに、一瞬、彼女が間違い電話を掛けているのかと思った。

彼女は言った。

「で、あなたが送ってくださった原稿ですが、あなたがおっしゃる通り、こちらのスタッフ全員で、回し読みをいたしました」

それで私が、「それはどうもありがとうござ……」と言いかけると、彼女はそれを無視して言った。

「あなたの原稿は、私たちスタッフ全員で、『事実と違う』ということで、意見が一致いたしました」

彼女は続けた。

「それで、この原稿は事実と違うので、私たちの発行物に載せることはできません」

そして彼女は少し間を置いて咳払いした後、言った。

「それで、この原稿は、事実と違うので、余所には出さないでください」

それで私は言った。

「どのように事実と違うのか、ご意見はお伺いできますけど、出すか出さないかは、私の自由なのではありませんか？」

「もし、そのようにして原稿を出されるのなら、私たちも抗議することはできますからね」

私は一瞬、とまどった。あの、五年前の一九八九年九月の朝日新聞の記事の某研究者のように、集団による抗議行動で、社会的に抹消されてしまうのだろうか？　あのときの抗議は「エコール」が主導して、社会的に大きな流れになった。でも私には彼のような社会的地位や知名度はまるでないから、それは杞憂というものだ。

私は考えた。もちろん抗議されるのは嫌だが、この国には《言論の自由》がある。だから、誰かが私に抗議すると言ってきても、誰もそれを止めることはできない。私は善良な日本国民として、この国の憲法を守らなくてはいけない——

それで私は勇気を出して、「では、そのように、なされば宜しいのではありませんか？」と言った。するとアケチさんが一瞬、怯んだのが電話の向こうから伝わってきた。彼女は言った。

「今、何とおっしゃいました？」

「『では、そのように、なされば宜しいのではありませんか？』と申し上げたんです」

すると彼女は言った。

「あなたは喧嘩を売っておられるのですか？」

私は言った。

「最初に喧嘩を売ってこられたのは、あなた方のバトーさんではないですか？」

「そのように決めつけないでください」

「もし、私が決めつけているのだとすれば、それはお互い様ではないですか?」

「三月三十一日までに返事をしてください、と、あなた、決めつけていらっしゃるではないですか?」

「そりゃあ、期限を切らないと、回答していただけませんからね」

「私たちが、まったく、回答しなかったということはないと思います。先日も手紙を差し上げましたし」

「たしかに、お手紙を頂いています。あのときはどうもありがとうございました。でも、かんじんのこちらから差し上げた質問というか、問い合わせについては、お答えになっておられないんですよね」

「とにかく、その原稿は事実と違うので、余所に出さないでください」

「だから、どのように事実と違うのか、具体的に教えてくださることはかないませんでしょうか?」

「それは、一つずつ、ずれてくるのでここでは言えません」(※「一つずつ、ずれる」が意味不明)

そして彼女は続けた。

「それで、どのように事実と違うのか、私たちスタッフ全員で説明いたしますので、こちらにいらしていただくことはできませんでしょうか?」

私は思った。「私たちスタッフ全員で説明」? 何だそれは。

説明するだけなら、一人でもすむはずだ。しかしそれを、なんと「スタッフ全員で」するという。そもそも彼らは、事実を知らない人たちばかりが寄り集まって、「事実と違う」と言っている。それに彼女は、かつて私に対して「あなたのことはよくわかった」と言ってなかったか? もしそうなら、自閉症の障害特性についても、当然「わかって」くれているはずだから、集団による吊し上げなどは、到底、あり得ないことだ。

私は想像した。顔も名前もまったく知らない大勢の人たちからそのようにされることを。もし、体調の悪いのを押して行っても、結果は見えている。私は言った。

「今もそうですが、ずっと体調が悪いので無理です」

というか、もし彼女が私のことを「よくわかっている」なら、私の日ごろの体調不良についてもご存じのはずだから、なぜこのようなことを言われるのかが謎だった。まあ体調不良というのも、切実な現実というよりは、たぶん、そこら辺によくある言い訳ぐらいにしか思われなかったのだろう。

彼女は言った。

「それで、私たちはこれから、アメリカのフリースクールに行きます」

「どうか良い旅を。旅の安全をお祈りしますね」

すると彼女は、その同じ文言を繰り返した。

「私たちはアメリカのフリースクールに行きます」

これで彼女は、「アメリカのフリースクールに行きます」と三度も繰り返した。一度言えばわかるのに。彼女たちの活動や業務上のことは、本来なら部外者の私などが関知しなくてもいいはずだ。本来なら守秘義務すらもあると思うのだが、なぜそれをわざわざ、何度もリピートするのだろう？

実はこのとき、私はこのように言ってやろうかと思った。

「アメリカに行かれるのに、何か、お土産とかはございますか？　最近、私の周りでも、カリフォルニア米を買われるのに渡米なされる方がいらっしゃいますが、やはり、お米を買いに行かれるのでしょうか？」

これは説明が要るかもしれない。ちょうど、この前年の一九九三年の日本は〝平成米騒動〟と呼ばれる、夏季の低温による例年にない米の不作で、そのため国も、外国から米を緊急輸入したりして、その翌年にかけてアメリカに米を買い出しに行くツアーが流行った時期だった。〝米国〟だからお米を買いに行くという、しょうもない言葉遊びはこの際、封印しておく。

本当に、このときこの台詞が口から出る寸前だったのだが、相手を挑発して激おこにさせても、何の得もないと思ったので、その台詞は引っ込めた。

彼女は言った。

「とにかく、あなたが『では、そのように、なされば宜しいのではありませんか？』とおっしゃったことを、必ず、憶えておかれてくださいね」

ああ、憶えてもおくけど、記録もしておくから。書くネタに。

彼女は続けた。

「とにかく私たちはあなたの妄想にいちいち対応することはできません。あなたが空想の世界でどのようになされようと、それはあなたの自由ですから」

彼女はそう言い残したあと、電話を切った。


――妄想。

今まで、例えばいじめの被害を訴える度に、いったい、何度、「それはお前の考え過ぎだ」「気のせいだ」「被害妄想だ」などと言われ続けてきただろうか。そしてまた今回もそうだった。

彼らは自分たちの不祥事すべてを、相手の「妄想」「空想」で片づけようとしている――

結局のところ、いわゆる支援者ですら、私のような障害を持った人を差別する、という現実。

⁂ ⁂ ⁂

執筆が、始まった。

Write, write, write... と言っているといつの間にか、Try, try, try... になっている。

私にはこれが、「書いてみろ」という、神様からの声に聞こえた。

そして、今まで溜めてきたこと、言いたかったこと、訴えたかったこと、相談したかったことを書いた。

「回り道の会」の会ではタブーとされたため、いったんは固く封印したはずの、いじめの体験についても書いた。というか、これは結果論かもしれないのだが、書いていたらそちらのほうが主題になった。


そして、『自閉症だったわたしへ』著者のドナさんにも、お礼をした。

すると彼女は、私と同様に彼女のところにコンタクトを取ってきた日本の自閉症者を紹介してきた。

最初に手紙が来たのはKさんといって、とてもスピリチュアルで親切な人。彼女は天界と繋がっていて、見えないものが視える人だった。彼女の手紙を読むととても元気が出る。

次に来たのはMさんといって、観念的でとても難しい手紙を書く人。

その次に来たのはJさんといって、こちらがどうあっても結局は最後までアンフレンドリーな人。この一番最後のは、まあ、日本人らしいと言ってしまえばそれまでなのだが、やはり、JUNKO は UNKO で JUNK だった。

私は仲間が欲しかったから、彼らからの文通には応じたものの、正直、それらと執筆を両立させるのは多難を極めた。とりわけ困難だったのは、真ん中のMさんとの文通。というのも、彼女の手紙は、とても長くて回りくどく、しかも文面が段落分けされてないから、視覚的にも文面を捉えることができなかった。それで、丹念に文章を一字ずつ追っていくしかないのだが、あまりの難解さのために、その読解に何度も挫折した。そして、頑張って何とか解読すると、その内容は文句と苦情ばかりで、私は二重に疲れ果ててしまった。

それで私は彼女にこういう意味のことを書いた。

「もしあなたが私にご不満なら、あなたは私と文通なさらないことを選ぶこともできます」

また、彼女の別の手紙には、私が彼女のことを自閉症者として扱ったことについての抗議が書かれていた。それで私はこういう意味のことを書いた。

「私はドナさんからのご紹介の人は、自動的に自閉症の人としてみなしますので、それについて異論をお持ちなら、抗議はドナさんになさってください」

私はMさんからの難しい手紙を理解するのに、正直、誰かの助けを必要としたが、とても忙しくて、そうするだけの時間と手間を捻出することができなかった。それで自分にできることとして、とりあえず、わかるところだけを拾い読みした。それで返事を出すと、彼女にとってはやはり不満だったらしく、「あなたは私の手紙を読んだのですか?」という意味の、長い手紙が来た。

それで私は、「正直、あなたのお手紙をきちんと読めていない箇所もあると思います。私は、自分の能力の範疇で、あなたのお手紙を読むことはできますが、あなたの望まれる水準で読めているとは思えません。私もある種の障害と困難を持っているということを、どうかご理解いただけるとありがたいです」という意味のことを書いて出した。そうしたらやがて、難しい手紙は来なくなった。

こうして私は心と思考を解放することができ、執筆に存分に打ち込むことができた。

私としては悩んで困っている人の力になりたいと思うことはあっても、本心や本性や正体を隠し、人のことを詮索し、ただ屁理屈を捏ね繰り回すだけの人の相手をしたいとは思わなかった。限られた元気と活動力のリソースを、くだらない喧嘩に費やしている余力はなかった。あらためて私は、障害を持った人同士が理解し合うことの難しさを痛感した。

例えるなら、発達障害者というのは銀河系の縁にいる種族のようなもので、銀河の中心付近にいる定型発達者と縁にいる発達障害者との距離よりも、銀河の縁同士の隔たりが大きい場合もある。

そういう訳で、定型発達者と発達障害者が互いを理解するよりも、発達障害者同士が理解し合うほうがずっと困難なこともある。したがって、発達障害者だからといって、わかってくれると考えるのは、早計だ。


ところで当時、私が採った書き物の仕方だが、まず、思いつくまま書き溜めて、ある程度、溜まったところで、それらに番号をつけて、時系列に並べ替えるという方法だった。

私が自分で思いついたこの方法を編集者に話すと、編集者も、その同じ方法をあなたに伝授しようと思っていたのですよ、と伝えてきた。これが以心伝心というものなのだろう。

ただ、私が仕事できる時間は限られていた。元気な健常者ならだいたい一日当たり八時間も働くことができる。しかし私は当時から、一日三、四時間しか働くことができなかった。健常者の半分にも満たない。

かくして私は連日、ワープロのキーを叩きつけるように連打して（ワープロを二台、駄目にした）、半年かけて執筆し、さらに半年かけて推敲した。

編集者はベテランから若い編集者に途中で交代したのだが、結局、書き上げた原稿は一年間、保留になった。私もこの世界のことをよく知らなかったこともあるのだが、なかなか動かないプロセスに加え、執筆で疲れが溜まっていたため、そして近所からの攻撃のために、私は持病を悪化させ、そのまま精神病院に入院ということになった。

⁂

発病の切っかけはこうだ。

私が息抜きのためにベランダに出て、外の空気を吸っていると、やおら隣人もベランダに出てきて、威嚇音なのかマットレスか何かを叩《はた》く音とともに、「俺たちは暴力団だ。いい加減にしないと殺してやる！」と言われたからだ。

私は恐怖におののいて身が竦《すく》んだ。

まあ、「普通の一般人であれば８９３とは接点を持つことがない」と言っている人がいるが、それでも、たまたま隣人が８９３だったら、否応なく関わらざるを得ない。

なんでも、その８９３一家はこの世界では地元の有名人らしい。

私たち家族は都内からこのマンションに転居してきたのだが、その８９３の隣の区画が空いていて、地元ではそこは避けられていたものの、そんなことはつゆ知らないまま、その８９３の隣に入居してしまったらしい。

そして、私がベランダに出る度に（私の病気だという説もある）、８９３一家のベランダから、ナイフや包丁のようなものを落とす音や、カミソリの刃をビヨンビヨン弾く音がしたし、そしていつも、臭かった。マンションの規約に反して、彼らはネコを飼っていた。強烈な糞尿やカビの臭い、駅のゴミ箱みたいな臭い、それに殺虫剤の臭い。彼らのすぐ風下の我が家は、終日そして毎日、それらの臭いに悩まされた。それで私は、窓から入り込む悪臭のために、体調を崩して寝込む日が多くなっていた。

聖書に「隣人を愛し」と書かれているが、隣人が８９３でも愛さなくてはいけないのだろうか？「敵を愛し」とも書かれている（※マタイ伝五章四十三‐四十四節）から、つまりは「隣人は敵」ということなのか？

隣人を名乗る〝声〟は言った。

「隣人を愛さなくてはいけないのだから、おまえは俺たちを愛さなくてはならない。そのためには俺たちの言うことを聞け！」

私は〝声〟からあられもないことを四六時中、言われ続けた。〝声〟は言った。

「おまえのパンツを出してカッターで切り刻め！　そうしないと殺してやる！」

また別の日に、その〝声〟は言った。

「おまえのブラジャーを頭に巻いて、外を散歩しろ！　さもなくば、お前を殺す！」

また、ある日、〝声〟は、命令した。

「トイレットペーパーを、今すぐ、食べろ！」

そんな下品で汚い命令には従いたくなかった。しかし命令に逆らうと、身体に電気が走ったような痛みが走るのだ。それで私は、言われた通りに、しぶしぶトイレットペーパーを食べた。

〝声〟から言われたことをありのまま書くと、18禁のワイセツ文書になってしまう。そういう、書くのも憚る卑語の類が一日中、数か月にわたってずっと続いた。

私はこの893一家と〝声〟のせいで、「お前を殺す」「殺してやる」というのが、近隣への挨拶言葉なのだということを、このとき、壮大に勘違いしたというか、誤学習したというべきなのか、とてつもない誤解をやらかしてしまったのだった。

⁂

そして私は病院へ入れられた。

少し古びた鉄格子の閉鎖病棟にある薄暗い病室は六人部屋で、こちら側に三つ、あちら側に三つ、ベッドが並んでいた。私に割り当てられたのは、その三つあるうちの、真ん中のベッドだった。

ところで、そのベッドの両側にいる二人は仲良しで、二人ともとてもお喋りだった。それで私が入ってきた後も、彼らは私を挟んで右と左の両方で喋り続けたのだった。

私は言った。

「うるさい。静かにして」

そのときは、いったんお喋りが止んだが、ものの数秒もしないうちに、またお喋りが始まったので、私は言った。

「うるさい。静かにして。〇してやる」

私は私で「〇してやる」が、このころ、エコラリアというか、独り言の口癖のようになっていたから、それはそれで問題になった。もとより精神病院にはアブない人もいて、実際に暴力沙汰や触法行為で入院している患者もいる。まあ、暴力でなくても、人に向かって「殺してやる」と言ってしまったら、立派な触法であり犯罪だ。

私は四六時中が毎日、両側からの逃げ場のない、絶え間ないお喋りに悩まされた。私は静かに瞑想していたいのに。いろいろ思いを巡らしていたいのに。

彼らのお喋りは、一音節ごとに、口腔内から発せられる破裂音や摩擦音のその一つひとつが、耳の奥をまるで針でチクチク突き刺すがごとく、自分の脳内を直撃して入ってくる。その騒音は、マジで私の頭をおかしくさせた。私はこのとき幻覚を出し、自制心もいつの間にかどこかに消えていた。

ここの病院の人たちは、自閉症の人の感覚過敏、とりわけ聴覚過敏のことを、どのように捉えているのだろうか？　もし、じゅうぶんに知ったうえで、やらかしているなら悪質だ。

ある日、看護師が隣のベッドの人の靴下を脱がせたとき、その看護師は、その脱がした靴下を、私の鞄の上に置いたのだった。私はパニックを起こしたので、注射を打たれ、強制的に眠らされた。目が覚めたら、いつもの両人によるお喋りの最中だった。

またあるときは、その両人のお喋りに業を煮やし、椅子をぶん投げようとしたところを静止され、注射を打たれ、目が覚めたときには、両側からの大声のお喋りが続いていた。

入院に際しては「長いものと尖ったものは禁止」だ。したがって筆記具も駄目だから書き物ができない。長いものも駄目だからスパゲッティやうどんはメニューに出ない（たぶん）。

食事は正直、あまり美味しいと思えるものではなかった。機械油の匂いのする古くなった魚、真黒くなったバナナ、黴臭いオカズ、それに洗剤や消毒剤の臭いのするスープにお惣菜。でも入院患者の大半は投薬で感覚を鈍らされているから、本来なら味覚や嗅覚が発するはずの異常を感知することもなく、平気でそのまま食べていた。このような食事を摂っていたのでは、治る病気も治らない、と思った。

ここにいる人たちは五年とか十年とか二十年、あるいはもっとそれ以上、〝社会的入院〟や身寄りがないなどの理由で、ずっと入院している人もいる。その毎日食べる食事が、こんなにマズい異臭のする飯なんて！　せめて食べるものぐらい、日々の細やかな楽しみのひとときであってもいいと思った。

私は平衡感覚が悪く、食事を盛ったトレイを自力で運ぶことができなかったので、いつも看護師に助けてもらっていた。しかしその看護師はある日、言った。

「私の仕事は食事の手伝いをすることではありません。食事は自分で取りに行ってください」

私は自分の平衡感覚のことについて話した。すると幸い、別の看護師が食事を助けてくれることになった。

ある日、病院の中で長蛇の列ができていた。それは集会室を端から端まで横切っていた。私は列の向こう側に用事があるので、その列を横切ろうとした。すると、大きな体躯の屈強な若い男性の患者が、こう怒鳴った。

「おい、おまえ、列を勝手に割り込むんじゃねえ、ちゃんと並べ！　マナーを守れ！」

売り言葉に買い言葉で私も言った（この手のやりとりは長年の学校生活で慣れていた）。

「おまえらこそ、人の通行の邪魔をして迷惑とは思わないのか？」

「迷惑とは何だ、この野郎！」

「野郎ではない女郎《めろう》だ、この馬鹿野郎！」

「何だと？」

「〇してやる！」

このときは病院職員の仲裁が入り、ことなきを得たが、もう少しで私は、テーブルをひっくり返すところだった。

院内にはいろいろな掟がある。

ある日、集会室でコーヒーを飲んでいたら、ある年配の患者さんが言った。

「あなた新入りさん？　このコーヒーはみんなの持ち出しだから、勝手に飲んだら駄目だよ。五〇円出したら飲んでもいいよ」

私はその人に五〇円を持っていったら、私はその人に抱きしめられた。そして言われた。

「これであなたも私たちの仲間よ」

私は思った。私はハグは苦手だけど、この人は抱きしめられたいのかな、と。

病院では、なぜか私にたくさんカップ麺をくれる人がいた。その人は院内販売でカップ麺を買うのだが、彼女はその一部を食べるだけで、それ以外は毎週のように、全部、私にくれた。私は喜んで「ありがとう！！！」「いいの？　こんなに？？」とか言って受け取っていたが、今でも彼女のプレゼントの理由が謎である。

私は、面会に来た父に、ベッドの両側にいる人たちのお喋りがうるさいこと、そしてそのために持病が悪化したことを伝えた。それで個室に移されたのだが、そこは、強烈な糞尿臭のする場所だった。しかしそれでも、四六時中聞こえてくるお喋りと比べれば、天国のような場所だった。

個室から出ると、毎日のように、かつてのベッドの隣だった人がわざわざやって来て、「お大尽、お大尽」と囃し立てるようになった。おまえらのせいで余計な出費を強いられているのだろうが！

ずっとその個室が臭いのは、私の感覚に問題があるからそう感じるのだろうと思っていた。だから看護師が私の病室にやって来たときに、「あら臭いわね」と言って、人を呼んで部屋の中央にある排水口を掃除させたときには、臭く感じていたのは、私だけではなかったのだと思った。

静かに過ごすことで、私の幻覚や問題行動もじょじょに落ち着いてきた。

ある日、面会に来た父が言った。

「これからも、おとなしくしていられるのなら、家に帰ってもいいぞ」

退院当日、私の好物のスパゲッティが出た。スパゲッティがメニューに出ないというのは私の思い込みだった。

帰りはタクシーだった。ある夏の日、木漏れ日が車内を駆け抜けていった。

⁂

退院して何カ月かしてから、原稿のゲラが出てきた。でもなぜか入れたはずのない文字や記号が入っていたりで、私はそれを直した。二校が出てきたときは、そうやって入れた直しが反映されていなかった。それを赤で直しても、やはり修正されることはなかった。それでその本は、誤植だらけの本となった。

とにかくそうやって二校を出してから何カ月後かの一九九六年二月に、念願の私の手記が飛鳥新社さんから刊行された。タイトルは、『変光星──ある自閉症者の少女期の回想』。これは私の幼児期と小学生時代と中学生時代までを描いた本で、「へんこうせい」というのは、「変な転校生」という意味。本来ならばタイトルは編集部が決めるものらしいのだが、このときは最終的に私の案が通った。

そして朝日新聞の読書欄にも顔写真入りで載った。

いろいろな雑誌から取材も来た（ただし載ったのはそのごく一部だが）。

その他、ラジオ番組でも取り上げられた。このときに取材に来たＮＨＫラジオ局のディレクターは、事前に拙著を読み込んできてくれたお陰で、取材そのものもスムーズにとてもうまくいった。

しかしテレビでは、まだそのときは取り上げられることはなかった。

そのうち読者からも手紙が来るようになった。

編集の人は、「読者からの手紙には返信は返さなくてもいいですよ」と言ってくれたが、それでも私は一通、一通、返事をした。するとまた返事を寄越してくれる人もいて、そのうちの一人とは、つい最近まで交友が続いていた（※本書二一二 - 二一三頁）。

そして、発達障害の世界の大御所の杉山登志郎先生や、その一番弟子の辻井正次先生からもお手紙とご連絡を頂いた。

また不思議な手紙も来た。本名が謎の、自称チサトさん（仮名）からの手紙には、占いのことについて詳しく書かれていた。私も当時は占いに関心を示していたので、その人と頻繁に手紙のやりとりをした。そして彼女は私の占術の結果を詳しくレポートにして送ってくれた。占い好きの私の母も、彼女が送ってくれるものを楽しみにしていた。

またサヴァンの彼女は、私が読者であるプログラマーの男性を引き合わせたら、何と独学でプログラミングをマスターして、やがて彼女は自力で、フリーの西洋占星術ソフトを開発するまでになった。また私にもいろいろなオリジナルのソフトを作ってくれた。

編集の人は、「部数のわりにこんなに反響のある本も珍しいですよ」と言って、おだてて（？）くれた。

私が惜しいと思うのは、この当時は日本でネットが一般的になる直前のことで、もし今の時代だったら、読者たちからアマゾンレビューをたくさん書いてもらえたかもしれなかったということだった。

本を出して嬉しくないの？と言われそうだが、私はいつも心のギアをニュートラルにしている。酷いことがあっても落ち込まない代わりに、良いことがあっても喜ばない。「人間万事塞翁が馬」で、悪いことが良いことを連れてくることもあるし、良いことが悪いことを連れてくることもあるから、日ごろから一喜一憂しないことにしている。

おまけに処方薬のせいで、感情の起伏が平板になっている。

本当のことを言うと、もうこのころぐらいまでには、いちいち怒ったり、喜んだり、悲しんだり、憎んだりする気力が尽きてしまっていた。人によってはそういうのをアパシーと呼ぶのかもしれないが、そういうわけで、幼いときにいつも視ていた、いろんなメロディを運んでくれる、さまざまな色の蝶々たち（※『変光星』三八 - 四〇頁）は、もうほとんど姿を見せなくなっていた。

⁂

手記は一冊だけではどうにも書き切れなかったし、実際、手紙を寄せてくださった発達障害の専門家たちからも二作目を期待された。

このころ、病気がちでずっと寝込んでいた母からも、「二作目は、いつ書くの？」と、頻繁に訊かれたから、「今、書き始めたところだよ」と答えた。

ところが、このころから、それまで穏やかで温厚だった母が急変したのだった。

それまでは、まるで女神様と思えるほど、理知的で、理性的で、温和で優しい母だったのだが、ある日、突然、まるでオセロをひっくり返したように、性格が豹変した。そして、ついさっき私が言ったことや、自分の言ったことも、すぐに忘れるようになった。それで、「言った」「言わない」で、争いになる日が増えていった。

ある日、私は母に頼まれて、ギフトで頂いたカステラを切り分けて、母と一緒に食べていた。

すると、今、カステラを食べたばかりの母が言った。

「どうしてカステラを分けてくれないの？」

それで私はもう数切れ、母のために切り分けて、母がそれらを全部食べると、彼女は言った。

「どうしてカステラを食べさせてくれないの？」

私は、「今、食べたばかりでしょうに」と言った。

すると母は、「カステラを独り占めするなんて、ずるい」と言って怒り出し、収拾がつかなくなった。

翌日、気がついたときには、カステラが私の部屋に投擲されていた。


やがて私は毎日を、母の怒号の中で暮さなければならなくなった。

それで、続編の執筆は、一向に捗らなかった。よりはっきり言えば、停止せざるを得なかった。


ある日、大切にしていたシルバーの指輪が見当たらないので、母に訊いた。

「パライバ・トルマリンの指輪が見当たらないのだけど、どこに行ったか知らない?」

すると彼女は、「捨てたよ。忌まわしいから」と言った。

私はそこら辺のゴミ箱の中を探したが、ついにそれは見つからなかった。

別の日には、七色の石の水晶ブレスレットが見当たらない。私は言った。

「あの七色のブレスレットはどこに行ったか、知らない?」

すると母は、「それなら捨てたよ。腹が立つから」と言った。

私はそこら辺を一生懸命に探し回ったが、結局それは見つからなかった。

母は、私が大切にしているものを、つぎつぎと捨てていくようになった。高価な天然石のブレスレット、水晶とパイライトの共生クラスター、ブルーフローライトの丸玉《スフィア》、お気に入りの帽子に靴に小物入れ、中身の入っている財布……。

私は音楽作品の入ったカセットテープと、執筆中の原稿や製作中のMIDIデータの入ったフロッピーディスクを、捨てられないように死守した。

それはまるで、天使が悪魔になったかのようだった。

どんなときでも私の味方だった母。

どんなときにも私の自由と自主性を認め、空気のように私に寄り添ってくれた母。

どんなときにも私の相談相手となり、私の力になってくれた、最愛の母。

それが、こんなになってしまうなんて――

それで、今度は父が母を病院に連れていかなければならなくなった。病院で、拘束服を着せられたらしい母は、家から帰って来たときには、まるで生気が抜けたようにうなだれていた。


〝声〟はこのころも引き続き私を悩まし続けていた。〝彼ら〟は言った。

「ベランダに出ろ!」

言われた通りにベランダに出ると、隣のベランダから何かを叩く音がして、風下のうちのベランダに、黴臭いというか、何か風邪を引いた人の息みたいな、何か非常に嫌な臭いがやってきた。〝声〟は言った。

「たった今、おまえはエボラ・ウィルスに感染したところだ。病院に行ったらスプレッダーのおまえは直ちに銃殺だ!」

私はタクシーで病院に連れていかれたのだが、車の中でも〝声〟は言った。

「今、日本は戦争中だ。おまえを注射で殺してやる!」

病院の中に入ると、そこはロビー風の待合室だったのだが、〝声〟は言った。

「ここは軍の管轄する病院で、おまえは思想犯だ。ここには特殊部隊の狙撃兵がいるから、いつでもおまえを銃殺できる」

待合室の大きな窓には一面、くすんだ緑色のカーテンが掛かっている。緑色。正直、緑色には良い思い出がない。学校の体育着のジャージの色。そうやって緑色のカーテンを意味もなく虚ろに見つめていると、〝声〟は言った。

「グリーン。グリーン。グリーン。この病院にはグリーンベレーがいる。だからおまえは銃殺だ。カーテンの向こうにグリーンベレーが隠れている」

私はカーテンを開けようとした。すると〝声〟は言った。

「開けるな！」

それでも私は開けようとした。すると〝声〟がもう一度、「開けるな！」と言った。〝声〟は言った。

「あそこに見える紺色のシャツを着た男の人が見えるだろ。よく見ろ」

私が言われた通りにすると、さらに〝声〟は言った。

「この人が〝ムオリ〟だ。彼もここに来ている」

ちなみに〝ムオリ〟とは、私が中学生のときに、私のことを目の敵にして私をいじめ抜いた、いじめの首謀（※『変光星』Ⅳ章）。私はその当時のことを思い出し、恐怖に竦んだ。

三時間、四時間、五時間と経過するにつれ、広い待合室から、少しずつ人が減っていく。〝声〟は言った。

「ここにいる人は一人一人尋問され、収容所に送られている」

やがて私は診察に呼ばれた。これが今度の新しい先生なのだが、何か診察室の中が看護師たちの声で、がやがやする。〝声〟は言った。

「今、『エコール』の子どもたちがここに来ている。おまえを、なぶり殺しにするために」

それで私は今度の先生に、「今、フリースクールの子どもたちがここに来ているんですよね？」と訊いた。

先生は、何のこと？と思ったと思うが、私みたいな患者を扱うのは慣れているのだろう。〝声〟に誘導されていた私の奇妙な話にも、ごく普通に対応してくれた。先生は訊いた。

「気になる？」

「ええ、気になります」

「気になるのねー。お薬出しておきますから、ちゃんと、飲んでね」


家に帰ったら、母が、「どうしたの、ナオちゃん」と話しかけた。

すると、〝声〟が、「返事をしたら駄目だ。無視しろ！」と言ったので、私は母の声を無視した。

このころの母は怒る気力もなくなり、家でぐったりと寝込んでいた。私は母に言った。

「私はすんでのところで銃殺されるところだったんだ」

すると〝声〟が、「身体を前後に揺らせ！」と言った。

言われるまま私は身体を揺らした。すると〝声〟は、「揺らし方が足らない。もっと激しく揺らせ！」と言った。私が身体を揺らしていると、〝声〟は言った。

「いいぞいいぞ、その調子。さあ、俺たちの言うように言え！」続けて〝声〟は言った。

「そのまま身体を揺らしながら、『バブバブバブー』と言え！」

「嫌だ」と言うと、全身に電流のような強い痛みが走った。それで私は、言われた通り、身体を揺らしながら、「バブバブバブー」と、言うしかなかった。

それを見ていた母が、「どうしたの、ナオちゃん」と言った。

〝声〟は言った。

「答えては、いけない！　ただ、『バブバブバブー』とだけ言えばよい。さあ、『バブバブバブー』と言え！」

それで私は、「バブバブバブー」と言った。

〝声〟と併せて、自宅でも隣家からの臭いが、さらに酷くなっていた。ベランダからは毎日のように、下水のようなというか、饐えた靴のようなというか、風邪を引いた人の痰のような、駅のゴミ箱のような臭いがした。それで母は「溝《どぶ》の臭いがする」と言って、家中の排水口の蓋をしにいくのだが、私はその臭いが、隣家のベランダから来ていることを知っていた。鉛筆の芯を削ったときの臭いやその粉塵もあり、空気清浄器の中を開けると、光沢を帯びた黒鉛で真っ黒くなっていた。

時を同じくして、家のテレビが映らなくなり、ラジカセも壊れ、作曲に使用していた高価な機材たちも、つぎつぎと故障して使えなくなった。

〝声〟は言った。

「ベランダに出ろ！」

言われた通りにベランダに出ると、上空に戦闘機が轟音を立てて編隊を組んで通り過ぎるのが見えた。毎年十月から十一月のこの時期は自衛隊が祭か何かで、いつもこのルートで戦闘機を飛ばしていた。

〝声〟は、「今の日本は非常事態だ」と言った。

私は戦闘機の爆音と、その〝声〟の言うことに恐怖した。

〝声〟が、「下を見ろ」と言うのでそうすると、酷い臭いとともに、眼下の労組の詰所で、拡声器でシュプレヒコールを挙げながら、集会をやっているのが目に入った。〝声〟はなおも言った。

「これから、あの赤い幟《のぼり》を持った人たちが、おまえを銃殺しにいく予定だ。殺されたくなかったら、今すぐ俺たちの命令することをしろ！」

「嫌だ」と言うと、〝声〟は言った。

「命あっての物種だ。さあ、わかったか？」

全身に痛みが走った。〝声〟は言った。

「さあ、今からお前は、このベランダから大声で、『私の名前はモリグチ・マラです』と言え！」

私が躊躇していると、〝声〟は言った。

「今すぐ『私の名前はモリグチ・マラです』と言え！」

私は小声でもごもご言うと、〝声〟は、「声が小さい！　もっとはっきり言え！」と言った。

それで私はベランダから、大声で、「私の名前はモリグチ・マラです！」と言った。

すると、眼下で集会をしていた赤い幟を持った人たちが、みな、見上げた。さらに〝声〟は言った。

「そうだ。その調子で、『ピンクのうさぎはもう使わない』と言え！」

それで私は〝声〟に言われた通りに言った。

すると、私のことを見上げた人たちが、みな、私を指差しながらクスクス笑っているのが見えた。

〝声〟は言った。

「これで日本の危機は回避された。おまえを潰すことで。これでおまえは有名人だ」

ある日、母は薬を大量に呷《あお》ったので、再び病院に連れていかれた。

病院から帰宅した母は、こたつで互いに向き合いながら、私に言った。

「大事なことがあるの」

すると〝声〟も、「俺たちも大事なことがあるから、俺たちの言うことを聞け！」と言った。

それで私は母に、「ちょっと待って」と言った。

すると〝声〟が言った。

「今から俺たちは大事なことを言うから、壁のほうを向け！」

すると壁から〝声〟が話し出したが、それは意味不明の長い話がいつまでも続くだけだった。

母は言った。

「お願い。大事な話があるの。こっち向いて」

すると〝声〟が言った。

「まず俺たちの声を聞け。大事な話がある。壁のほうを向け！　さもないと殺すぞ！」

すると母は言った。

「お願い。こっち向いて」

私は、「今、私は隣人と大事な話があるの。だから今、対応できないの」と言った。

それで母は、「どうして聞いてくれないの？」と言った。

〝声〟は言った。

「まず俺たちの大事な話を聞け！」

本当は、私はこのとき、話しかけてくる母に返事をしたかった。

このとき、どうしても母と話をしたかった。

でも、〝声〟に逆らうと、身体に激しい痛みが走るので、それができないままでいた。

母は、私のすぐ目の前にいるのに、まるで分厚いガラスの向こう側にいるかのようだった。

私がもたついていると、〝声〟は、急き立てるように言った。

「俺たちの言うことを聞け！」

それで私は母に、「ちょっと、待って」と言った。

すると、〝声〟による、ワードサラダみたいな意味不明の話が長々とあるだけだった。

母は、「続編は、書くの？」と尋ねた。

すると〝声〟が、こう言った。

「『書かない』と言え、さもなくば殺すぞ！」

それで私は母に、「書かない」と答えた。


それが母との最期の会話になった。


ある十一月の早朝、母がいなくなっていた。

ベランダには脚立が置かれていた。

ふと、ベランダから遥か下のほうを見ると、まだ朝早くて薄暗いのでよくわからなかったのだが、よく見ると、倒れた人影がそこにはあった。

私は父を叩き起こして、言った。

「母が、いない！」

その後は、父が対応したので、その日のことはあまりよく覚えていない。

ただ、葬儀が終わった後に、〝声〟が「三・三・七拍子！」と威勢よく言ったのだけは覚えている。

どうやら、人が亡くなるというのは、〝声〟にとっては、めでたいことらしい。

〝声〟は、「さあ、祝え！」と強制してきたが、私には、ぜんぜんめでたくなんかなかった。

この出来事からしばらくの間の私は、人が亡くなったときには、三・三・七拍子をするものなのだと、割と本気で思い込んでいた。

〝声〟のせいで、生前の母ときちんと向き合えなかったことが残念だった。

通夜の晩、夜空に明るくて真っ赤な流れ星が見えた。

「しし座流星群」の当たり年の前年のことだった。

⁂

実をいうと、母の病気に対応しているとき、そして〝声〟に脅されている最中、チサトさんから、頻繁に、「会いたい」という手紙が来ていた。私も、私の熱烈なファンである彼女とどうしても会いたかった。

しかしそのような訳で、その期間中はどうしようもなく、まったく彼女に対応することができなかったのが心残りだった。

母の死後、父と二人きりとなった私たち家族は、逃げるように転居した。悪臭があまりに酷くて、呼吸が辛く、普通に暮らすのも困難になったからだった。

転居の準備などで忙しく、執筆は依然、進まないままでいた。

引っ越しする前は、たしかにあったはずの、母の遺品のプラチナのネックレスやアメジストのブレスレットが、どんなに探しても出てこない。とくにネックレスは母の遺言で、それを母の姉に渡すようにと、ことづけられていたものだった。が、それがどうしても見つからなかった。

⁂

そして年が明け、西暦一九九九年になった。あの、〝ノストラダムスの大予言〟で有名な年。

引っ越してからまもなく、書いた本がコミック化することになった。そして、ベネッセから出ていた育児漫画雑誌『たまひよコミックSPECIAL』で連載した後、『この星のぬくもり――自閉症児の見つめる世界』（曽根富美子作）として単行本になることになった。

そして何と、ドラマ化のオファーまで！

それは、本当に、本当に、本当に、夢みたいなお話だった。

我が人生で最高の日。宝くじに当たるよりも凄い出来事だ。

しかし、しかし、しかし。続編を書いている途中だったので、せっかくの、この願ってもない大大大々〵チャンスを、断腸の思いでお断りするしかなかった。

それで、このときの貴重なお話は、私に手紙をくださった、あの杉山登志郎先生と、辻井正次先生に紹介することになった。

私はこのとき、本当に、もったいないことをしたと思う。もし、このときまでに、続編を書き上げることが叶っていたならば、せっかくのチャンスを振らなくてもすんだのに、と思っている。

結局、その、またとないお話は、別の自閉症の人たちがモデルとなり、実際に『君が教えてくれたこと』（TBS）としてドラマが制作され、週一で一年間、放映された。そのドラマの制作に際しては、スタッフがあのドナさんにも取材に行ったそうだ。そして彼女のオリジナルの楽曲もドラマ中で使われた。私はこのとき、貴重な機会を振ってしまったが、ドナさんにお返しをしたのだと思うことにしている。

そして、このお話とはまた別に、また別の放送局のスタッフが、発達障害（だいたいこのころから、この言葉が世の中で普及するようになっていった）の番組を作るから、取材させて欲しいという話も来た。なんでも、「他に出演してくれる人がいなくて困っている」ところに、ある人が、その取材スタッフたちに、私の著書を紹介してくれたらしい。

でも、そのスタッフたちは、私の著書をほとんどまったく読んでいなかったようだった。

ただ、その本の帯に書かれている言葉遊び（というか私の渾身の実話ネタ）の、「死ね！→Shine！→輝け！」の箇所だけについては、そのスタッフたちも気に入ってくれたようだった。というか、取材陣がこだわったのは著書の中ではそこだけで、それ以外の内容はざっくり、一切、無視された。

ところで、私が著書中で、（そしてその本の帯にも書かれた）そのネタは、大流行というわけではないものの、当時の世の中で、少しだけ、それなりに話題になった。

これからしばらくのタイムラグ（半年ぐらい）の後に、人気長寿アニメにもなっている超有名漫画が、これとは真逆の「輝け！→Shine！→死ね！」というネタを使ったが、この私のネタと関連性はあるのだろうか？

ちなみに、今日では、「死ね！→Shine！→輝け！」のネタは、その漫画が出典ということにされてしまっている。でも、そのネタを、せっかく『名●●コ●ン』で使い回してくれるのなら、イタリア語で「死ね」のことを、

「モーリ」(muori) ということまでそうして欲しかったな、とは思う("buono"を「ボーノ」と書くのだから、"muori"は「ムォーリ」よりも「モーリ」でいいと思う)。

話は戻るが、取材のディレクターは私に、「ドナの本を読んだのですか?」と訊いた。

「ええ。読んだから彼女に感謝の手紙を書いたんです」

「その手紙を取材で使わせていただくことはできますか?」

ディレクターがそう言ったので、私はこう言った。

「それは彼女に直接お尋ねください。私から尋ねることもできますが、少しお時間をくださいませんか?」

それにしても、(一部の) 取材スタッフたちはどうして、人のプライバシーを勝手に公にしたがるのだろう。私信は公開するものではないということを、彼らは理解していないのだろうか?

で、なぜか、取材中やその前後は、幻視とでもいうのだろうか、地獄の釜が開いて真っ赤なマグマが煮えたぎる、噴火口のような映像がずっと視えていた。何というか、もの凄い怒りだ。どこかで私の知らない誰かが非常に怒っている——

取材は「ああしてください」「こうしてください」と、いろいろな指示の連続で、いわばやらせだった。

私は質問に答えるのが苦手なので、取材のときに事前に質問を用意してもらうようにお願いした。ところが彼らは取材当日になって、予期しない質問を突然、浴びせてきたのだった。私はキョドってパニックになり、視線が宙に浮いた。

取材スタッフたちは、イライラした様子で、「時間がない、時間がない」と、しきりと口にしていた。まるで時計を持った白兎だ。それで彼らは、有無を言わさず私のアルバムを見せることを要求し、私に選択の余地を一切、与えないまま、私の子どもの頃の写真を勝手に撮影していったのだった。

おまけに、私が、「私だけでなく、いろいろな自閉症者を取り上げてください」と言うと、ディレクターは烈火のごとく怒りだし、私に怒鳴った。

私は思った。ああこの人、自閉症の感覚過敏のことをまるでわかっていないのだな。

それとも、わざと自閉症の人のパニックを誘発させて、それを撮ろうとしたのかな。

このように、取材の人は取材中に大声で怒鳴ることもあるから、取材を受ける予定のある障害当事者、とりわけ自閉症の人は、じゅうぶん注意したほうがよいだろう。

でもそのようなわけで、私が番組作りに対して要望を言うとディレクターがキレるので、私が番組作りに対して口を出すことは一切、できなかった。


出来上がってきた番組を視たら、友達と一緒に映っている写真の、その友達のところに、何の画像処理もされないまま、「……いじめに遭いました」と、ナレーションが流れていた。

取材中にキョドった時の表情も、しっかり映っていた。

番組の内容は、ドナさんその他の外国の人たちが手記を書いています。とやって、外国の人たちの手記からいくつか引用したうえで、その流れで日本でも手記を書いている人がいます——という構成だった。

いや、私は、ドナさんが手記を出す前から、発言の場を探し続けていたから、正確に言えばその番組の作り方はフェイクになるのだが、まあこれが番組製作者の考えなのだから仕方がない。

まあたしかに、書く切っかけとなったという意味では、ドナさんが書いたから私も書いたというのは正しいのだが、〇〇さんがやったから私もやる、というのは付和雷同といって、最も私の嫌いな行動パターンだ。しかし、そういうわけで、この国の扉は黒船と同じで、外側からでなら開く――というか、外国の人の声は重んじる。だけど、日本人が内側から、いくら声を上げても開かない。

ともあれ、実名顔出しというのは勇気の要ることだ。であるが、そのようにして出演した番組の内容がフェイクであるならば、その意味がないと思う。


やがて、杉山先生たちから、学会に出ないか、と招聘された。

質問に答えるのは苦手だと答えたら、質問は事前に準備された。

当日は下書きを持って行って回答した。ただ当日の詳細は、あまりにたくさんの人が集まっていたのと、照明が明る過ぎたのとで、あまりよく覚えていない。

私ともう一人、テンプル・グランディン博士という、海外の有名な自閉症の人も招聘されていた。その学会で私が言った、「自閉症の人は飲みニケーションが苦手だ」というところで、通訳の人が難儀しているのがわかった。私が、「聖徳太子（厩戸皇子）にはなれない」と言ったときにも、やはり、通訳者が複雑で長い解説や説明を交えてとても難儀しているのがわかった。

シングルタスクの人がたくさんの人が同時に話すのを、一度で理解するのは無理だし、何かとトラブルメーカーの人にとっては、「和を以て貴しと成す」など、なおさら無理だ。そういう、自閉症の人ならどうあっても無理なことを成し遂げた人物が、日本の歴史上の偉人とされ、一時期はお札にも印刷されていたりする。

結局のところ、私は質問に答えることが苦手なので、シンポジウムの結果は、私にとっては極めて不本意なものとなった。簡単に言えば、与えられた質問がどれもピント外れというか、要領を得ていなかったために、自分の言いたかったこととはまるで異なる、ズレた発言しかできなかったからだ。

学会が終わると、アスペの成人たちが集まる「アスペ・エルデの会」のメンバーたちが、そのテンプルさんと一緒にカラオケに行った。でも私は大音響や光の刺激が苦手なので、そのお誘いは断った。

⁂

このころぐらいに、私はモデム付きのデスクトップのパソコンを入手し、当時、急速に日本でも普及しつつあったインターネットに、遅ればせながら繋いだ（〝コミュニケーション〟に苦労するのはいつものことだが）。インターネット。それは当初、私にとって不思議な世界だった。これが、私が不登校になったときからずっと夢見ていた、「蓋を開けると情報がスルスル出てくる、魔法の小箱」（※『平行線』一二二頁）だった。

そして、例の番組ディレクターがアスペルガー障害について知る切っかけとなった、「理解ＰＬＥＸ」（仮名）というサイトが、私がネットに繋いで初めて見たサイトだった（そのディレクターが教えてくれた）。それは「理解」の名に反して、まるで迷路みたいな作りのサイトで、とてもわかりにくいページだった。

私はその他にも、自閉症やアスペルガーの人たちやその親たちなどによる、いろいろな個人のサイトを閲覧するようになっていた。当時の個人の情報発信というのは、今のようなＳＮＳやブログなどではなく、もっぱら個人が「ホームページ」と呼ばれるサイトを持ち、誰でも書き込める掲示板を併設するのが流行だった。

私は、発達障害関係のいろいろな個人や団体の掲示板を見て廻った。

すると、私の著書や私の話題が出ると、すかさず別の話題を振る人が必ず現れ、ふたたび私の著書の話に戻ることなく、それはすぐに忘れられてしまう。どの掲示板でもそうだった。

――エラく私は嫌われているな――

私はそう思った。

でも、丹念に見ていくと、そうやって話題をすぐに変える人は、すべて同一人物で、その同じ人――チャンドラーさん（仮名）――が、複数の掲示板――発達障害関係のあらゆる掲示板に出没して、その世界でのちょっとした有名人になっているのだった。

ある年の十二月、辻井先生たちが主宰する「アスペ・エルデの会」が開催する「クリスマス会」に来ないか？という連絡を受けた。

でもそのとき、なんだか身体に重いものが乗っかかるような感じがして、かつて不登校だったときの、学校に行きたくない、あの感覚が久しぶりに蘇ってきたのだった。

それで私は辻井先生に、電話で、「行きたくない」と返事したのだが、先生が、どうしても、とおっしゃるから、万難を排して、父が私を介護するなか、その集いに参加した。

会場に着くと、あの取材のときと同じで、怒りに満ちた、煮えたぎる真っ赤なマグマのイメージがまた視えた。

そこには、当時有名だったアスペルガーの人たちが何人か集まっていた。

日本で初めてアスペ当事者による個人サイトを開設したMさん、この人はかつて『日経ＰＣ21』という雑誌で、「プログラマーの天才」とも呼ばれたことのある人物だ。そしてその婚約者でアスペルガーの臨床心理士のＹさんに、例のドラマの主人公のモデルともなった、自閉症の天才翻訳者として知られているＮさん、それにアスペルガー当事者であり、発達障害の子育て真っ最中のOさん、そして私。

そして例のドラマのプロデューサーと、私も出演した教育番組のディレクターも来た。

そして主宰はサンタクロースのコスチュームを着た杉山先生で、その隣に辻井先生が座った。


各人が席に座る際、私は事前に、《刺激の少ない席》を希望していた。

しかし、私のすぐ隣に、むずがる多動のお子さんを連れたOさんが席についた。このOさんは、例のドラマの登場人物の〝美咲〟に風貌がとてもよく似ていた。

彼女は席に着いた際、私に、「すみません」と挨拶をしたので、私はにこやかに彼女に視線を返した。すると彼女は急に凄い剣幕で、「キッ」と、私のことを睨みつけたのだった。

一瞬のことだった。とても怖かった。

彼女は憎悪を剝き出しにし、今にも私を殺しそうな顔をして、ヤンキー口調でこう言った。

「何、この人!」

そのときに私は気づかされた。自閉症の人がにこにこ友好的に振る舞おうとすることは、傍から見れば、ただ、奇異にしか映らないという現実を。

そのことを神様は、Oさんの「何、この人!」という発言を通して教えてくれたのだった。

普通の人なら、人に向かってそんな失礼なことは言わない。でも、(定説に従えば)アスペの人は、得てして社会性やマナーが欠落しているから、そういう、本来なら人には言ってはいけないことも、正直に言ってしまう(といわれている)。だからある意味、アスペの人は有難い存在だ。

それにしても、主催者の先生たちは、なんでこんなに攻撃的で怖い人を呼んだのだろう。人を集めるのなら、こんなギスギスした人ではなく、もっと和気藹々とした人を呼ぶべきだと思った。

そんな緊張が走るなか、杉山先生は、当事者たちに一人ひとり、質問をしていく。それはアットランダムで、まるでロシアンルーレットのよう。私は恐怖に慄《おのの》いた。

「さーて、誰にしようかなー」と、杉山先生。

当てられた人が質問に答えていく。

Yさんは幼いころから継続した療育を受けてきたからなのか、受け答えもまるで自閉症とは思えないほど、完璧に流暢にこなしていく。

一方の私は質問に答えるのが苦手なのだが、加えて、事前に予測がつかず、いつ当てられるのかもわからないことが、不安に拍車をかけた。

そうやって各人が答えていくなか、隣のOさんのむずがる子どもが私の左から前から右から後をうろちょろ移動し、私はパニック寸前だった。もう一方の私の隣に座っていたYさんが、その子をなだめたため、多少はましにはなったのだが（この能力はある意味、天才だと思う）、その子は握っていたブリックパックのジュースを強く握ったため、それはもう少しで、私の服に掛かりそうになった。

私は私でびっくりして、握っていたボールペンが不随意運動のために宙に舞ってしまい、それがOさんに当たった。私は彼女に謝った。

「ごめんなさい。すみませんでした」

だが彼女は、まるで岩のように押し黙っていた。

それでもう一度、私は彼女に、「ごめんなさい」と言った。だが、彼女は、うんともすんとも言わなかった。

杉山先生は言った。

「次は誰にしようかなー。はい。モリグチさん」

そして先生は、言った。

「あなたはどうやって本を書く切っかけを得たのですか？」

でも突然当てられて質問されたこともあり、私はそのとき、極度の緊張と恐怖のために適切に答えることができなかった。本当は、「テレビニュースでドナさんの手記のことをやっていたので、テレビ局に電話した」と言うつもりが、「テレビドラマでやっていて、ラジオ局に電話した」と言ってしまった。しかもその発言は、そのまま文字起こしされてしまい、修正の機会も与えられないまま活字になった。

この集まりを主催していた杉山先生は、発達障害研究の大御所として知られている人なのだが、そのわりには、私のような困難を持った人のことを、何もわかっていなかった。とくに私のような者は、「言いまつがい」をしてしまうこともあるのだから、その発言を文字起こしした場合は、その原稿をチェックする場を与えて欲しいし、また、そうした言い間違いを生じさせないような、平和で落ち着いた環境が必要だと思う。

後日、私は、このときの出来事をエッセイに書いた。


「〝危険物〟の取説」

亡き母が常に私に教え続けたことは、「絶対に他害してはなりません」ということだった。実は（一冊目の手記にも書いているが）幼少時のころ私は二回、他害の経験がある。それで、その危険性を見て取った母は、「絶対に他害してはいけない」ということを私に強く言い聞かせた。

母は滅多に「ダメ」「いけません」と言うことはなかったのだが、その数少ない貴重な「いけません」

の一つが、「他害してはいけません」だった。それで私としても、これはよくよくのことであり、他害はとってもいけないことなのだということを、子どもなりに理解した。そしてその後も母は絶えず、「自制する」「我慢する」ということを私に教え続けたのだった。

それで私は、「やられても、やり返さず」を自分なりに貫き通したはずだった（少なくともメンタルが崩壊したとき以外は）。自閉症であれ、その他の障害であれ、それゆえに他害することは、もちろん当然のことながら絶対に許されないことなのだが、不思議なことに、健常者たちが私に他害することは、なぜか公然と許されていた。でもそういう場合でも、母は、「やられても、やり返さない」ということを辛抱強く教え続けた。

でも、それでも箍《たが》が外れることがあった。パニックを起こしたときだった。で、小学校のとき、私にパニックを起こさせようと刺激する遊びがあったが（※詳しくは一冊目の手記『変光星』八五頁に譲る）、それで、自閉の人の他害対策を考えるには、まず、パニックへの対策を考える必要がある。

当たり前のことながら「トラブルを起こさない」ことは必要だが、しかし世間的には、降り懸かった火の粉であっても、「トラブルを〝起こした〟」とみなされる場合が多々ある。降り懸かった火の粉への対応を間違えた場合はもちろん、適切に対応したつもりの場合でも同様である。なので、「トラブルを〝起こさない〟」ためには、火の粉が降り懸からないようにする必要がある。

パニックを起こすにはトリガーが必要である（傍目にはどんなに些細な火の気であっても）。火薬はそのままでは発火しない（ものもある）が、保管方法を間違えればそうなることもある（ちなみに私は子どものとき級友から〝危険物〟と渾名をつけられたこともある）。それで、火薬はなるべく火の元から遠ざけ、なるべく丁寧に扱う必要がある。具体的には、パニックが起こる状況や場所や人物を注意深く避ける必要があるだろう。

私がいつもひきこもりなのは、病気がちというか闘病中でいつも元気や気力がないということもあるが、それ以外にも、パニックのトリガーとなる状況を一つひとつ排除するうちに、いつの間にか必然的にそうならざるを得なかったということもある。

まあ、自宅にこもったからといってパニックを起こさないということにはならないが（例えばだが、特定の虫が出たからパニックを起こすとか、でかい地震が来たからパニックを起こすとか、ベランダで干し物をしていたら隣人から突然大きな声と物音で抗議されたものの、たまたま耳栓をしていなかったので極大パニックを起こすとか）、少なくとも（他に同居の人がいなければ）他害することを防ぐことはできる。


で、「絶対に他害してはいけない」というのは、亡き母の遺言でもあるから、私は絶対にそれを何が何でも守り通さなくてはいけない。でも過去に二度、それが危機一髪になったことがある。

一つ目と二つ目の衝撃的な事件はどちらも二冊目の手記『平行線』に詳細に書いたので省略する。

三つ目は、今からだいぶ前に、とある集いに私のような自閉スペクトラム症の人たちや支援者たちなどが集まったときのことだった。私は事前に、パニックで他害の恐れがあるから、刺激の少ない落ち着いた席を希望した。しかしその申し出は反映されることはなく、実際には、絶えず動き回る多動の子どもを連れたアスペの親と席を隣り合わすことになった。（さらにマズいことに、その親も、非常に攻撃的な人だった！）

で、その子は私の前や後や右や左へと、絶えず勢いよく動き回るうえ、その子の持っていたブリック飲料のストローから勢いよく中身が出、あやうく私に掛かりそうになった。それで、逃げ場のない恐怖に見舞われた私は、危機一髪というか、その子どもを思わず発作から危うく踏み潰すところだった。私は体重がかなりあったし、まだその子は小さかったから、もしあのとき私がパニックを起こしていたなら、まず間違いなくその子は亡くなっていたか、重大な傷害を受けていたことだろう。もしそうなれば、トラブルどころではない。れっきとした犯罪であり、傷害事件であり、どうかしたら〇人事件である。もしそうなったら、その親をひどく悲しませたであろうことはもちろんのこと、主催者の先生たちにも多大な迷惑が掛かっただろうし、私も二度と当事者活動はできなかったに違いない。

私にできることは、二度とそういう不幸な事件《インシデント》未遂を生じさせないために、以降、二度とその主催者のところには出向かないという選択をすることだった。実際には、出向かないというよりも、その主催者から電話で「来ないか?」と、お呼びが掛かっても、そのときの恐怖を思い出してフラッシュバック状態になって身体が硬直し、パニック寸前になってしまう。それでその電話の中でパニックを起こさないようにと必死に堪えて、穏やかに振る舞うのが精一杯で、お呼ばれしても行きたくても行けない、というのが実情である。

(まあ、その親子の件で私は主催者の先生方から謝罪を受けているから、本当はこのことについて書くのは私の非礼というかマナー違反で、とてもいけないことなのだが、不幸な事件や事故やその可能性のある状況を再び繰り返してはならないと思うし、また、ほんの一例ではあるが、どういう場合に自閉症の人が他害や人〇しをするのかについても知って欲しいので、あえてきちんと書いて残しておこうと思う。)

さらに悪いことに、その子の親は会合が終わったすぐ後に私を呼び止めて、私の耳元で、大声で怒鳴ったのである。災難である。必死でパニックになるのを抑えているところに、さらなる刺激と攻撃である。おそらくその人もまたパニックを起こしかけたのだろう。

少なくとも私がその子からの刺激に見舞われたのはほんの一瞬のことだったが、その親は生活上のあらゆる局面でほぼその子と一緒にいるのである。さらにご自身もアスペというか発達障害で多動の子どもを育てていたらストレスＭＡＸだろうし、もし私がその人と同じ状況に置かれていたなら、おそらくはパニックどころか、それより遥かに酷いことになっていただろう。

でもそういうわけで、危険物同士を並べて置いておくのは危険である。下手こいたら連鎖爆発で誰にも止められなくなるからだ。そのとき私が自制することができたのは、まさに神の助けとしか思えない。どんな場合でも加害者になってはいけない。事件や事故を起こしてはいけない。それが亡き母の遺言である。なので私にできることは、（おそらくたぶん）二度とその場に出向かないことなのである。

とくに私は二次障害として精神疾患を患ってからは、迷惑電話で煽られた程度で、いとも容易に〝何をしでかしてもおかしくない精神状態〟になったりもする。それで、パニックを起こさない、他害しないという親の遺言を守るためには、《電話にその場で出ない》という選択が必要だったりする（というのも最近の迷惑電話は、まるでヤ〇ザみたいな言い方で激しく恫喝するものもあるし）。

もし〝危険物〟が爆発して事故った場合は、その危険物そのものが悪いのだろうか？　それとも、それに着火させることが悪いのだろうか？　実は私にもよくわからない。でもいずれにせよ、火の気を避けることや、安全な容器に入れること（感覚への対応など）に加え、〝危険物〟自身も〝引火性〟の性質を改める必要があるだろう。

感覚過敏だからといって、周囲の配慮は（それが専門家や支援者であっても）、そのようなわけで期待できないし、まして世の中ではなおさらで、わざわざ弱みを突いてくる人や、なかには、（前述のように）自閉症の障害特性をじゅうぶん理解したうえで、わざと挑発をかましてくる人もいる。なので、パニック対策には感覚への対応だけでなく、自制と忍耐力を培うことが必要である。そのためには大脳とりわけ前頭前野の機能を高めることである。

なぜ自制が大切なのかというと、加害者にならないという以外にも、身の安全を確保する必要があるからである。例えば電車の中などといった公共の場所でパニックを起こした場合だと、それにつけ込んでチンピラや怖い人が絡んでくることがある（実話）。また、自宅でパニックを起こした場合でも、それが切っかけで陰湿な隣人につけ狙われ、嫌がらせや攻撃やつきまといを受け続けることになったりもするのである（実話）。このように、パニックを起こすと身に危害を加えられる可能性が高くなるので（昨今は普通の一般人も沸点がとても低くなっているから、じゅうぶんに危険である）、自制は身の守りにもなるのである。

まあ、必死に堪えて忍耐してパニックや発作を抑えたからといっても、それが世間では至極当たり前なことだから、誰も褒めてはくれないし、むしろ一方的に悪者にされ、謂れのない非難を浴びることもあるだろう。しかしそれでも、誰かを物理的に他害して事件化したり、実際に人を殺めてムショ入りになるよりは、遥かにずっとましなことなのである。

いつも穏やかでいるためには、パニックのトリガーをなるべく避けることに加え、もし万が一そうした事態に直面しても、きちんと自制や忍耐することができるよう、常に自分の栄養状態に気を配り、脳神経に良いとされる食事を摂り、じゅうぶんな睡眠と休息を取り、身体を健やかに保ち、場合によっては正しい指導のもとに薬物による治療を受け入れることが必要である。
もちろんそれに加え、神に祈り、自分の罪と弱さの赦しを請い、常に神に平安を与えてくださることを祈願する必要もあるだろう。何よりも神様は、誰にも評価されないあなたの孤独な忍耐を必ずご覧になるからである。

（※初出『アスペハート』第45号、二〇一七年三月）

この集まりのときに知ったのだが、あの「チャンドラー」さんというのは、実はOさんのことで、「理解PLEX」の管理人でもあった。
それで、あのとき、私が彼女に、「サイト、見てるよ」と言ったら、彼女が怒りに満ちた態度で、とても不愉快かつ不機嫌そうになさっておられたのを、今でもはっきりと覚えている。
この出来事の後、私が「理解PLEX」のサイトを探索していると、このような文言が目に留まった。

私は、「あなたのサイト見ていますよ」と言われるのが、大の苦手。

そして、彼女のサイトのまた別のページには、こうもあった。

手記を書く人もいる。しかし私は、自分のサイトを作った。

それを見たとき、私は思った。この人は、私の書いた手記に対抗心と競争心を持って、渾身の力を込めて自分のサイトを構築した。そしてそのサイトが、テレビ局の取材スタッフがアスペルガー障害について知る切っかけとなって目に留まり、そのスタッフが私を取材し、それがテレビに放映されたとなれば――

いったい彼女がどういう気持ちがしたかを想像しようとするだけでも地獄だ。

それがたぶん、私にずっと視えていた、〝煮えたぎるマグマ〟の正体だったのだろう。

彼女のサイトのお陰で、私や他の自閉症の人のテレビ出演が叶ったことを、私は彼女に感謝している。

ただ、そういうことなので、私としても、彼女の出没しそうな場所には、なるべく出向かないようにしている。


身辺がようやく安定して落ち着いてきたので、私はやっと続編の執筆を再開することができた。

書き終えたのはミレニアムを経過した二〇〇一年ぐらいのこと。そしてそれを、最初に本を出してもらった出版社の編集者に送った。でもそれは「この原稿は暗過ぎて使えません」とのことだった。

辻井先生からも「続編はどうなっているのか?」と訊かれたから、私はその旨を話した。すると、何と、先生が、出版社を探して動いてくれることになった。

そして、最初のとはまた違う出版社から、続編である『平行線――ある自閉症者の青年期の回想』が出ることになった。これは私の高校生時代(通信制高校を含む)と不登校時代、それに専門学校生時代などを描いている本だ。

辻井先生から、その単行本の表紙のデザインはあなたがやらないか? と言ってくださったのだが、私はもうこのころには、視覚美術の世界から完全に引いていたのでお断りした。

ただ、この度の出版は、ひっそりとしたものだった。メディアで話題になるわけでもなく、ネットで話題になるわけでもなく、発達障害の界隈でもさほど話題になることもなかった（たぶん）。売れ行きのほうもあまりよくわからなかった。私は出版状況を問い合わせることを兼ね、その出版社に連絡し続けたが、そこら辺のところを彼らは曖昧にし続けた。

結局、その会社は数年後、別の書籍で、他社の書籍の表紙のデザインを盗作したということで問題になり、やがて同業他社に吸収された。

また、だいたい時期を同じくして、辻井先生の主宰するＮＰＯで、連載を持たしてくれることになった（※さっき載せた「〝危険物〟の取説」（本書一七五‐一八一頁）というエッセイは、そこからの引用である）。

私は、多難の末、ようやく完成した続編を、お詫びの手紙とともに、チサトさんに一部、送った。

手紙にはこういう意味のことを書いた。

> あのとき、ご連絡を立て続けに下さったにもかかわらず、ずっとお返事ができずに、大変、申し訳ございませんでした。
> 母の病気に死、それに近所からの脅迫や転居、それに私自身の入院などが重なり、落ち着いて手紙を差し上げる状況に長らくありませんでした。
> それで、今までずっと連絡がかなわなかったことをお詫び申し上げます。

しかし、チサトさんからはもう、何の音沙汰もなかった。

そんな折り、ネットをやっていたら、チサトさんのサイトを見つけたので、そのページを開くと、PCの画面が真黒くなって電源が落ちた。また別の日に彼女のサイトを開いたら、やはり同様になって、PCが落ちた。三度目にアクセスしたときも、やはり同様になったので、彼女のサイトが怖くなって、そのサイトにアクセスできなくなった（後日、PCのユーザ名を実名とは違うものにしたら回避できた）。

それとはまた別のある日、ある質問サイトで、彼女と同じハンドルネームの人が、私の実名を挙げて悪口を書いていたのを見つけた。そこには、私信でしか知り得ない内密の内容が開示されていた。そのことを知る人は、出版関係者以外にはチサトさんの他には誰もいなかった。そこにまた別の人が回答を寄せ、私のことを犯罪者扱いしていた。

そのページは、私の名前で検索すると一年ぐらい上位（最終的には三番目）にあったのだが、そのサイトのことで弁護士に相談しようとしたときには、すでにそのページは消えていた。

私はこのとき、（すべてではないにせよ）発達障害の人と交友するのは地雷だな、と思った。というのも、彼ら（の一部）には、おそらくプライバシーという概念がなく（もしくは、他者のプライバシーを尊重しようとする意識に乏しく）、私信で伝えられた内容の秘密を守ることもせず、勝手に公にしてしまう。それで私は、発達障害者たちから来る手紙やメールを、ある意味、とても警戒するようになった。

このころ、ドナさんからの紹介とはまた別に、幾人かの人たちから手紙が来るようになった。Sさんは、私の著書に共感してくれた自閉症者の母親だった。

また、あるアスペルガーの女性からも連絡があった。彼女はその母親のAさんとともに、かつて私が交わっていたことのあった、ある宗教団体のメンバーでもあった。二人とも、不寛容で無情なFさん（※『平行線』一七五頁）とはまったく違い、私の障害にとても理解のある人だった。

そして、自閉症者本人であるY君。この人は、実は私より先に、自閉症者本人による手記を日本で出していた。この三番目の人は、どうやって私の住所を知り得たのからして、そもそも謎というしかなかったのだが、やがてこの人もまた地雷になろうことは、このとき、予想だにしなかった。

ネットを見ると、チャンドラーさんとその取り巻きの自閉症児の親たちが、私のことを「こんな人」呼ばわりしているのを発見した。

少なくとも私は、私の親の世代の自閉症児の親、とりわけ母親の立場の人が、長らく〝育て方が悪い〟とか〝冷蔵庫マザー〟（※ブルーノ・ベッテルハイム、米国の精神分析学者（1903-1990）による造語）などと呼ばれて、専門家たちや世論や世間から酷く迫害されてきたのをずっと見ながら育ってきたから、私が大人になったら、自閉症児の母親たちを、そうした攻撃と無理解から守ろうと思ってきた。

それが、今の時代の自閉症児の親たちから、「こんな人」呼ばわりをされて攻撃されることになろうとは……。

このころ、私は再び、精神病院の閉鎖病棟に入院した。ネット上や前述のリアルでのチャンドラーさんの激しい暴言や、その取り巻きのヒイロさんたちなどのことで壊れてしまい、錯乱して幻聴が出たりして、例の、言ってはいけないあのフレーズを手当たり次第に口走るようになってしまったからだった。このとき私が何をやらかしたかについては、ほとんど覚えていない。父の話などによれば、相当危険な（警察を呼んでもおかしくない）状態だったらしい。

今度の病院の食事は、前回入院したところと違って、食事は激マズということはなかった。手紙をくれていたその三人へも、当初はきちんと返事をすることができなかった。父は、毎週のように来る、アスペルガーであるAさんの娘さんからの郵便物を、病院の面会のときに持ってきてくれた。創造性に富んだ彼女の手紙や創作物は、私に元気を与えてくれ、入院の励みとなった。今度は最初から個室だったので、病室の絶え間ないお喋りに悩まされることはなかった。

田圃の中にあったその病院の周りでは、この季節、一日中、カエルが鳴いていた。ある雨の日には、病室の窓ガラスの片隅に、一匹のアマガエルが貼りついていた。すると幻覚の中で、そのカエルが増殖していく。そして窓ガラス一面に、びっしりとたくさんのカエルが貼りついているのが〝視えた〟。なんか、聖書に書かれている〝十の災い〟にも、そういうのがあったような（※旧約聖書の出エジプト記七章から一二章にわたって、当時のエジプトに下された〝十の災い〟について書かれているが、そのうちの第二の災いが、至るところに大量に増殖したカエルである（同八章前半））。そしてこのときに、私の幻覚や幻聴や問題発言によく効く、当時の新薬を処方してもらうことができた。

退院後、何となく直感で父のことが不安だった私は、自宅とはまた別の場所で、Aさんと定期的に落ち合うようになり、親亡き後の相談や、また聖書に関するいろんな話をするようになった。

退院して半年後ぐらいから、父がじょじょに身体の痛みを訴えるようになっていった。父はとても我慢強く、決して弱音を吐かない人だったにもかかわらず、しきりと「痛い、痛い」と言うようになったので、これは、余程のことなのだなと悟った。全身が痛いというのは、循環が悪くなっているのだろう。つまりはそういうことだ。

ある夏の日、父がいつものように風呂に入ったのだが、いつまで経っても風呂場から出てこない。

風呂場からは、何の音も聞こえない。

おかしいと思って風呂場に行ったら、父が亡くなっていた。

それは突然の出来事だった。

父を起こそうと思ったが、彼は浴槽の中でうなだれたままだった。

さあ、私はついに独りになった。どうしよう。

でも、そのときに脳裏を駆け巡ったのは、葬儀の手順や、自分にとってはおびただしいとも思えた、各種手続きのこと。

悲しんでいる暇はなかった。やることがたくさんある。

私は一種のパニック状態だったのだが、それは大声を出す類のものではなく、いうなれば、コールド・パニック。このとき喜怒哀楽のあらゆる感情がフリーズした。

私はまず、救急を呼んだ。そしてその救急が警察を呼んで、その監察医が死亡を確認した。

警察の人は家の中をくまなく調べた。彼らは遺体のう○こを触った手で、家中のあらゆるものを触り、私が大切にしていた真珠のブローチも触った。実際、自閉症の人にこれが耐えられるかどうかの自信はない。このとき、耐えることができたのは、神の助けとしかいうしかない。

警察の人は、捜査しながら、私に、「お父さん、偉い人だったんだー」と言ったり、私に、障害者手帳を見せるようにとも言った。「入院したこと、あるの?」と訊かれたから、「こないだも入院したばかりです。それでうちの父、疲れて倒れてしまったのかも」と答えた。

警察の人は、なぜかメガネを忘れていったので、後で、警察署まで届けに行かなくてはいけなくなった（これは親族の人が代わりに行ってくれたのだが）。

そして、死亡診断書を書いてもらうために、その監察医の医院のところまで行き、その後、葬儀の手配。

私の宗教はこのころは、どっちつかずで不明だった（Aさんと聖書のことについて再び学び始めていたので、だいぶ迷った）のだが、父は生前、仏式による葬儀を望んでいたので、葬儀社の人にもそのように伝えた。

そして、父方の親族にも連絡した。

普段は付き合いのあまりない親族の人たちが自宅に押し寄せて、彼らは私に断りもなく、冷蔵庫の中の物を勝手に食べ、勝手に炊飯器を使って、勝手にうちの米を食べた。

女性一人となった自宅に、他人みたいな人たちがたくさん泊まっている。どうしよう。

通夜の夜、私がシャワーを浴びていると、親族の一人が、何度も風呂場のドアを開けようとした。

なんか、こういうときの支援があればいいと思うのだが。

そして葬儀当日は、私が喪主になった。

父には教え子たちがたくさんいたので、その人たちもやってきた。

葬儀は、私の障害に多少、理解のある、母方の従姉の一人であるMさんに助けてもらった。

葬儀のときはパニックになりそうだった。

葬儀の後はちょっとした宴会で、たくさんの食べ残しが出た。私はその晩を眠らずに過ごした。


棺桶には、父の好きだった煙草を入れた。

翌日、火葬するとき、親族の一人が何度も私に頭突きをするので、私は再び、パニックになりそうだった。


障害者が、身内の死に直面したときに頼れる支援は、少なくとも私の知る限り、どこにもない（もしくは、周知されていない）。もし身内に、障害に理解のある親族がいれば幸運だ。

だから葬儀は、無理だとわかっていても、すべてを自分で手配しなければならない。

香典返しのリストはたくさんあったが、書式が全部手書きだから、それを書くのに三日を要した。

葬儀がすむと、なぜかギフトの業者などからひっきりなしに電話が掛かってくる。無言電話もあった。そういった電話が、一日中、鳴り続ける。でも、重要な連絡もあるから、逐一、応対しなくてはならない（※ここいら辺のことは既刊のエッセイ集『金平糖』29章や30章にも書いたから、多少、端折るが）。

そして、各種手続き。ここいら辺はプライバシーが絡むので書けないが、このときは、（今は故人となられた）障害に理解のある弁護士さんから司法書士さんを紹介してもらった。

私はこの当時の文通相手であるY君（※本書一九五 - 二〇三頁で後述する）に、「父が亡くなったため、その手続きなどで忙しくなるので、しばらくメールできません」と書いた。そうしたら彼は、親亡き後の参考になるからもっと教えて欲しい、という意味のことを書いて寄越してきた。弔いやお悔やみの言葉でもなければ、励ましや同情でもない。こっちはメールできないと書いているのに。


かくして私は、独りモノになった。

いずれこうなることは、あらかた予想がついていた。

だからこそ、今まで私は民間の支援者たちや、今でいうＮＰＯに向かって声を上げようとしてきた。

しかし、どこも助けてくれなかった。

助けてくれたのは親族のＭさんと、某宗教団体のＡさん、それにこの後、講演活動でお世話になるＳさん。


こうして私の、新しい生活が、始まった。

【Ⅳ】独りで生きる

じょじょに私にも、講演の依頼が入るようになった。

私がSさんに相談すると、彼女が私の旅の付き添いかつマネージャーになってくれるようになった。

講演旅行の詳細は業務に関わることなので書けないが、もし書くとなれば、それだけで一冊の本になるだけの旅行と出会いだったように思う。

彼女と私は日本各地を巡った。本州や都市圏はもちろん、北海道にも行った。四国にも行った。九州にも行った。これらの旅行はひきこもりの私にとって、爽やかな訓練となった。いつものロングシートとは違うボックスシートの電車やディーゼル機関車、それに新幹線に特急に、車での移動、そして飛行機にも乗った。

そうして、日本各地で、地味に地道に活動している、さまざまなNPOや会や組織の人たちと出会うことで、世の中には、迫害する人間や、いじめる人間などだけでは決してないということ、人を傷つける支援者だけではないということ、日本人であっても穏やかで善い人たちもいるということを肌身で実感することができた。

何よりも講演の主催者たちは、今までの私の努力を認めてくれた。少なくとも「エコール」みたいに、人の努力や涙を俎板に載せて批判するような人たちではなかった。聴衆がいて、拙い話を聴いてくれて、私のような者の発言の場があるということだけでも、それはとても救われることだった。

ほとんどは単独の講演だったのだが、たまにシンポジウムで呼ばれることもあった。

私は、いじめ問題などといった、わりとシリアスなテーマを扱うことが多かったのだが、首都圏某所で行われたあるそうした集まりで、私がスピーチした後で、ある発達障害当事者がこうスピーチした。

「私は、いじめに遭ったことがありません」

そして彼女は言った。

「さあ、皆さん、もっと明るく楽しくしましょう」

でも、その当事者の表情や所作を見ていると、どう見てもいじめる人間の立ち振る舞いにしか見えなかった。「明るく、楽しく」というのも、あの「回り道の会」のバトーさんの常套句だし。

講演活動で受けた嫌な目というのは、その当時にあっては、それぐらい。それ以外は、とても充実して楽しい講演だった。


私はそうしたいくつかの講演やシンポジウムをこなしていったのだが、その間、ずっと脳裏にあったのは、「回り道の会」と「エコール」の、二人のバトーさんたちのこと。これをいつか問題提起というか、告発したいと考えるようになっていた。少なくとも私は、支援者の立場で、「あなたがいじめられるのは、あなたがいつも、そんなふうだからなのではないですか？」と言ったり、相談者を自殺に陥れたり、友達作りを無理やり強制する人は、支援者の中から駆逐されなければならないと考えていたからだ。

私は、講演活動の中で出会った、ある有名な支援者（今は疎遠になったが）に、その、「あなたがいじめられるのは（略）」と私に言った支援者のことや、今、その会をネット検索しても、一つも引っ掛からないことなどについて言ってみた。

すると彼女は、「そういうことを言うから、その会が潰れたんですよ、潰れるのは当然でしょ」という意味のことを言った。

それを聞いて、私は（チャンドラーさんの密かな企みのときも、これと似たようなことが言えるのだが）、悪いことをする人は、放っておいても勝手に自爆するから、自分が何もしなくても、自然の成り行きに任せればいいのだな、と感じて、妙に安心したのを覚えている。

で、その女性の支援者はイヌをこよなく愛していて、そっち方面の有力な会にも所属していたのだが、その同じ雑談のときに、彼女は私に、「イヌは好き?」と訊いた。「イヌによる」と答えると、二人で大笑いになった。

私には、どうしても答えることのできない質問が三つある。その三つとは、「イヌは好き?」「ネコは好き?」「子どもは好き?」というもの。

それはやはり、イヌによるだろうし、ネコによるだろうし、子どもによるだろうから、一概には言えないというものだ。どうやったら、あの個性豊かな生き物たちを一緒くたにできるというのだろうか?(イヌとネコと子どもを並列に書いているけど他意はありません)。少なくとも、「回り道の会」のオフィスにいた、あのイヌを好きになることはできないし。

⁂

そしてこのころ、ドナ・ウィリアムズ女史の日本での講演にも、聴衆の一人として行った。

その話を聴く限りでは、このころの彼女が嵌っていたのは、栄養(学)的トリートメント。「栄養(学)的」と丸括弧をつけたのは、それが学術的なエビデンスの怪しい民間療法についての、彼女の実体験に根差した話だったからだ。彼女が自身の障害を克服するために、食事や栄養補助食品《サプリメント》で工夫しているというのが、痛々しいほどよくわかったつもりだった。というのも、私もまた、似たようなことを工夫していたからだ。

彼女の講演が終わると当時に、小さな地震が起きた。

一瞬、満員の会場は場が凍りつき、ドナさんも表情が険しくなった。彼女が必死にパニックを堪えているのが、ひしひしと伝わってきた。

講演が終わった後、私は彼女から控室に行くように呼ばれた。そこで私が、「あなたが地球を揺らした！」と言ったら、なんかとても受けたみたいで、彼女は大爆笑した。

彼女は私に、「英語苦手なの？」と訊いたから、私は、「英語が駄目なのと、コミュニケーションが駄目なのの と、両方」と答えた。

その後も彼女と健康ネタや栄養の話をし、自閉症には魚の油が良いだとか、免疫にはビタミンCをたくさん摂るのが良いという話を聞いた。私は彼女に、日本には「医食同源」という言葉があることを、どうしても伝えたかったのだが、英語が駄目なせいで、結局言うことができなかった。

⁂

この前後、私はY君と文通をしていた。

とはいっても、私としては自分の意志で文通しようとして手紙のやりとりをしていたわけでは決してない。Y君から初めて手紙が来たとき、先にも書いた通り、なぜ、どうやって彼が私の住所を知り得たのか、今もって謎なのだが、ともあれ私は返事をした。すると彼からその返事か来たので、私がその返事をして……を繰り返しているうちに、気がついたら、いつの間にか文通みたいになっていた。

最初は切手を貼った郵政メールだったのだが、やがてそれはEメールになった。

すでに一九八八年に自著（※正確には支援者たちとの共著）を上梓していて、いわば日本で初めて自閉症当事者で本を出していた彼は、いわば私の先輩だった。彼は世間擦れしておらず純粋で、しかも言語能力が卓越していた。

ただ、社会性となるとゼロで、それが彼を自閉症たらしめている障害だった。

それに加え、自閉症のタイプがお互いによく似ていたことも、メールのやりとりが継続した理由だろう。そしてそれは数年間にわたって長く続いた。

あ、異性同士のメールだからといって、決してエッチな内容だったわけではない。自閉症の人にしかわからないことや、お互いに読んだ本のことなどを話題にしていた。


ある日、彼は、今、本を書いている、という意味のことを書いてきた。

そのとき、私は直感で、もしかしたら彼は私のメールの文面をパクっているのではないか？という疑いというか、とても嫌な感じがした。だが、直感とか予感というのは根拠がないし、裏づける証拠もないので、嫌われたくなかった私は、そのことについて質問することもないまま、文通が続いた。

それからしばらくすると、彼は、私からのメールを本に載せてもよいか？という意味のことを尋ねてきた。

それで私はこういう意味のことを書いた。

「私信メールはプライベートなものなので絶対に載せないでください」

すると彼は、どうしても私のメールを載せたいという意味のことを書いてきた。それで、私は譲歩案として、このような条件を出した。

「メールでのやりとりを本に載せるのはマズいです。私にも自分の書いたものの権利があります。ですが、どうしても私のEメールを公開なさる場合は、匿名・仮名・ニックネームなどを使用し、また載せた内容から個人が特定また推定できないように配慮すること。載せるメールは出版前にこちらでチェックさせて欲しいということ。」

しかし、それらの要望に対する彼からのコメント（多少の記憶違いはあるかも）だが、彼は、〝カミングアウトすることの大切さ〟について、長々と持論を書いてきた。そこには、世の中に自閉症を理解してもらうためには、自分をさらけ出さなくてはいけないという意味のことが書かれてあった。

それで私は、「私信メールを実名で本に載せるのは絶対にダメです」と重ねて念を押した。でもそれに対する彼の反応はとくになかった。

やがて彼から、「今度、本を出すことになったので、帯のメッセージを書いて欲しい」と要望が来た。

どうやら、本の帯というのは、本文を読まないで書くものらしい。このときに、本文を読ませて欲しい、と突っ込むことができなかったことを、いまだに後悔している。でも大切な友人からのお願いだから、彼の言語能力を称える文面を書いて、テキストファイルで添付して彼に送った。

しばらくすると、Y君から（もしかしたら出版社からだったかもしれない）、彼の自著の新刊が送られてきた。ハードカバーで、カバーはフルカラー印刷で、表面には上品でマットなフィルムで加工がされている。そして本文には上質で厚手のクリーム色の用紙が使われていた。そしてその本の出版社のサイトのほうには、赤い文字で、「日本図書館協会選定図書」とあって、ホント凄いな、と思った。

ヤルじゃん、Y君。

そして、「某協会」会長のI先生（故人）協力とあり、二重に凄いな、と思った。

私は、このような友達を持つことができたことを、とても誇らしく思った。

でも、本を開いて、私は別の意味で驚愕した。

その本には、私の書いたメールが載っていた。そこには、見出しにデカデカと24Qのボールド体で、私の実名が。

森口奈緒美さんとメールで対話

私は、その場で、「えええええええええええええ?!?!」となった。

そして、よく見ると、私の書いたものではない、私の発言ではないものが、私の発言として改竄されていることに気がついて、私は、二度目に、「ええええええええええええええ?!?!」となった。

私は思った。これはいったいどういうことなんだあああああああああああああ?!?!

ブルーの帯には私の名前で、「自閉症者の一人としてこの本を推薦します」とも書かれてあった。だが、それは私の言葉ではない。誰かが勝手に捏造したものだ。

そして本文には、私信でしか知り得ないプライベートなことが随所に載っている。私の父が亡くなって、てんてこまいだったことも、私の実名を持ち出して、こちらに承諾なく書かれている。

巻末には、その本の「協力者」でもある「某協会」会長のI先生が、解説というか推薦のようなものを寄せていて、こうあった。

森口奈緒美さんやドナ・ウィリアムズさんといった人たちもいるけれど、Yさんの文才に期待したい。

なんかもう、怒りなどとか以前に、自分の気持ちがフリーズしている。本稿を書いている現在に至るまで、ずっとそう。この件で私は自分の感情を露わにすることをとても恐れているから、人からこの件を訊かれても、そっけないというか、無関心な振りをすることが多い。

まさに、もらい事故（？）というか、降り懸かった火の粉とは、このことだ。

やはり、私の脇が甘かったというか、怪しいコンタクトに対して、まずは疑うべきだった。それはスパムメールにいちいち返事を出さないのと同じことだ。

私は、仲間の自閉症の当事者同士で訴えごとをするのは、とても嫌なことだったのだが、それ以上に、自分の名前で、偽りが拡散してそれが後世に残ってしまうことのほうが、遥かにずっと嫌だった。

それで私はまず、その出版社の編集者にメールをした。すると先方は、何と、「モリグチさんはメールの掲載について了承したものだと思っていました」という意味の返事をしてきた。

私は真相を知ろうと思い、その出版社の編集者に電話をしたが、話の途中で一方的に電話を切られてしまった。このように、コミュニケーションの障害があると、（「回り道の会」や「エコール」のときもそうなのだが）電話がとても難しくて、とくに今回みたいな重要な話をうまく伝えることができない。

それで私は、自分の障害について理解があり、障害者同士の法的トラブルについて対応してくれそうな弁護士を必死に探した。そして、そのための電話による問い合わせにも苦労したのだが、何件か障害者関係の団体に電話して、何とか辿りついた弁護士さんに、その件を委任した。

まず私は弁護士さんに、自分はいつも体調が悪いので、訴訟のために毎回裁判所に出向くのは至難だということを伝えた。すると弁護士さんは、「申立て」という方法があることを教えてくれた。

私は弁護士さんに、申立ての対象となるべき出版社と著者以外に、「協力者」としてその本の奥付に名前と略歴と顔のイラストが載っている微妙な立場の人物がいるが、この人にはどういう対応をすればよいか、ということについて相談した。
というのも、そこには著者のプロフィールと並んで、こうあったからだ。

> 協力［I先生のフルネーム］
> Yが幼少のころから関わって面倒を見ている人。前作『〇〇〇〇〇〇〇』の監修として関わった。この本でも、全面的に協力をした。日本〇〇〇界のパイオニア的存在。〇〇〇〇療法を編み出したカリスマ的存在。某法人常務理事、某短大学長、某協会会長、某大学教授等を歴任。

なんかギラギラした経歴の持ち主だ。要するに、とてつもなく偉い人というわけだ。「この本でも、全面的に協力」ということは、つまり実質的には《関与》なのではないか？とも私は思ったのだが、その弁護士さんの意見またはアドバイスに従って、その「協力者」であるI先生は、（私としてはとても不本意なことだったものの）申立ての対象から外すことになった。

私は弁護士さんを通してY君にいくつか質問をした。だがその返答のいずれも答えになっていなかった。でもそのようなわけで、彼が私の住所を、人に言えない方法で取得したということだけはわかった。
また並行して、いろいろな「関係者」から何度も呼ばれて、お詫びの言葉を言われたり、このことは穏便にするように、なるべく公にしないように、とも言われた（すでに出版《パブリッシュ》されたものについて、公《パブリック》にするなとは、いったいどういうことなのだろう？）。彼はただの障害者ではなかった。その背後には彼を擁護する支援者たちがゾロゾロ控えていた。しかしその中で誰一人として、彼の横暴を止めることはできなかった。

中立ての対象から外した「某協会」会長のI先生からも、じきじきに、「今回の件は、大目に見る」ということも、言われた。

でも私もかなり、こだわりの強い自閉症だから、それはどうあっても無理というものだ。とりわけ、自分の発言ではないものが――というよりも、むしろ、明らかに自分の信念と正反対ともいえる内容の発言が、私の発言として捏造されて、それが私の実名で掲載され、公に一般に販売され、「日本図書館協会選定図書」という御墨付きで日本各地の図書館に置かれている――

少なくとも私は、自閉症者と世の中との橋を架けるために、今まで発言活動をやってきたはずだ。

私は、自閉症のこと、自閉症者のことを、世の中にわかってもらうために、努力をしている。人々の良識と良心というのを、信じている。

しかし今回、私の発言として改竄され、「自閉症者の悩みは（略）非自閉症の人にはわからない」と書かれてしまった。

このまま、その本が、何も知らない読者たちに読み継がれていき、後世に残っていくのだろうか？

私は、日本中のすべての図書館から、当該書籍を回収したかった。しかし公共図書館は税金で運営されているから、基本、処分はできないものらしい。それ以前に、全国の図書館を網羅しようにも、当時はまだ図書館の横断検索はできなかったから、各地の蔵書を調べることすらできなかった。

そもそもそういうことは、日本図書館協会が各地の図書館に向けて広報することがあってもいいとも思ったのだが、少なくとも私の知り得た限りでは、そういうことはなかった。

これと同様のことは「某協会」についても言える。協会としてもその会長としても、何の公式のコメントも一切なかったからだ。

基本、障害者のやらかした事件というのは、（いろいろと法律上の縛り（刑法第39条および刑事訴訟法）や、世の中の〝コンセンサス〟なるものがあるので）有耶無耶のむにゃむにゃにされる。だからなのか、マスコミもこの事件については一切報道してくれないし（社会的にはこの事件は、《なかったこと》にされている）、自分のサイトで告知しても、グーグル八分にされるか、検索下位にされるようだ。出版社のサイトでの告知も（これも弁護士さんを通じての再三の要請をして、やっと実現したものなのだが）、ものの数か月か一年足らずで、そのページは削除された。また私が自閉症関係の二つのネット掲示板に、この事件と訂正箇所について投稿したところ、「マルチポスト」として注意を受けるだけだった。

それで私は、その十数年後に上梓したエッセイ集である自著（※『金平糖──自閉症納言のデコボコ人生論』遠見書房、二〇一七）の巻末に、その顛末や、具体的な改竄箇所について載せるということにした。

結局この事件は、著者からの謝罪文と、問題の本を出した出版社側からの損害賠償額六〇万円、当該書籍の流通分の回収と在庫の廃棄、そして（右記の）出版社サイトでの告知（私としては、新聞広告の掲載を希望したのだが、弁護士さんが首を縦に振らなかった）ということで落着したことになっている。

おそらくこの案件は、それ自体で本を一冊書けるだけの問題だと思う。でもそれは、今もって感情の整理が追いついていないので、たぶん無理だ。たとえ元気であったとしても、背後関係の調査や取材は、多難を極めると思う。そんな私が自分でできることは、こうやって自分の体験を書き記して、記録に残すことだ。

何も私は、メールを載せるなと言っているわけではない。こちらの提示する条件を満たせば、大切な友人の著書のことだから、掲載には諸手を挙げて承諾したはずだ。メール無断掲載とその改竄さえなければ、その本は良著になり得ただろうと思うと、とても惜しいというか、すごくもったいない気がする。それだけに私の要望が、端から無視されたことを、今でもとても残念に思っている（すでに〝終わったこと〟について、後からグダグダ言うことについては異論もあるかもしれないが）。

その後、私はある集まりにシンポジストの一人として呼ばれた。

私の頭の中にはいつも、「回り道の会」と「エコール」での出来事があったので、いつか、この〝支援者問題〟というか、〝問題支援者〟というべきか、〝ブラック支援者〟、〝わがまま支援者〟、〝モンスター支援者〟のことについて、問題提起しようと思っていた。それで私としては、不登校支援者たちが発達障害に無理解な現状について言及しようと考えていた。

なので、大勢集まった聴衆の前で、私が、「当事者の人権を侵害する支援者もいます」と発言したときのことだった。

何を血迷ったか、ステージにいた（司会だったかもしれない）「某協会」会長のI先生が、突然、私に対して怒り出して、聴衆の面前で私のことを名指しし、「モリグチさんは勉強不足だ！」と言って罵り始めた。彼は激しい口調で言った。

「モリグチさんは勉強不足です。モリグチさんは『当事者の人権を侵害する支援者もいます』と言っていますが、そんなことは絶対にありません！　私たち支援者は、いつも当事者のために働いています！」

たしかに、私は自閉症業界のこと、発達障害のすべての世界を知っているわけではない。私は主に、私の身に起きたことを元に話をするだけで、発達障害のすべてを把握していないことは認める。でもそのことは、何も大勢いる公の面前で、あげつらうことではないと思う。

私はI先生が怒りだしたことで、頭の中がまたもやフリーズしたために、このとき、反論することができなかった。それは話し言葉が苦手だということもあるが、ある意味、そのI先生の発言は事実であり、反論のしようがなかったからということも。

しかし、I先生は、私がどのように「勉強不足」なのかは具体的には言わなかった。

私は怒りたくなったのを必死で自制した。

でも、このI先生も認識不足というか、もしこの先生が、自閉症者の持つ独特の感覚の特性を理解していたならば、自閉症の人を刺激する、感情を爆発させるような発言は、そもそもしないはずだし、また、自閉症特有のこだわりのことを理解していたならば、自閉症の人のメールを無断でパクって公開したり、それに改竄を加えて書籍にすることは許さなかったはずだ。

まあ、たしかに、他人の私信を本人の許可も取らずに、自分の好きなようにいじって勝手に公開するというのも、もしかしたら自閉症特有のこだわりなのかもしれないが、その辺のところについて事前に監修できる人はいなかったのだろうか？

このシンポジウムが終わった後、私が大勢の前で名指しで罵倒されたことについて、こないだお世話になった弁護士さんに相談しようかな？とも考えた。

そういえばI先生は、（弁護士さんの意向とはいえ）例の件で申立ての対象から見逃してあげたことについて、どう思っているのだろう？　一度、見逃してあげた人を、改めてまた別の申立ての対象にすることについて、その弁護士さんはどう思うだろうか？

いろいろ何日もよく考えた挙句、結局、この件について申立てはしないことにした。

でもそのようなわけで、私にとって、世の中を渡っていくのは、激ムズだ。

⁂

それとはまた別のシンポジウムを一、二カ月後ぐらいに控えていた、ある秋の日、私は普段と違う身体の変化を感じた。それで、ごく軽い気持ちで、近所の病院を受診した。すると検体を採取され、それを「検査に出すから、一週間後にまたこの病院に来るように」と言われた。

一週間後、私がその病院に行くと、医者は言った。

「ステージⅡの乳がんです。直ちに手術を受ける必要があります」

私が、紹介状を書いてもらうことに同意すると、病院の看護師たちや事務の人たちが、慌ただしくその転院先の病院の予約に奔走した。

そしてすぐに、診察の日と、手術の日が決められた。

「がんと言われて、どういう気持ちだった？」と訊く人もいるが、診断されても、もうこのころの私はアパシー気味だったから、感情的にはあまり感じることもない。ただ、「ああ、そうなんだな、痛いの、ヤだな」と思って、淡々と、粛々と、治療を受けるのみ。

手術の日は、私が登壇参加予定になっていたシンポジウムの、なんと前日に決められた。

急遽、私は、シンポジウムの主催者に連絡して、参加できない旨を伝えた。が、ドタキャンの理由は、当時、まだ自分が乳がんであることを心理的に受け容れることができなかったので、言わなかった。

すると、辻井先生から電話があったので、先生には、私に乳がんが見つかって、緊急に手術を受けなくてはいけなくなったことを伝えた。すると先生は、「入院の暇潰しに」と、読み物を送ってくださった。

そして私は手術前に何回か病院に通い、マンモグラフィ、MRI、CT、シンチレーション、それに生理機能の検査を受けた。

手術に際しては、輸血をしない旨をお願いした。これは信仰上の理由に加え、どこの馬の骨で造られたかわからない血液を体内に注入されるのが気持ち悪かったこともあった。そしてその嘆願は幸いにも受け入れられた。

入院は、朝日がよく入る、眺望の良い個室だった。

手術前には、放射性医薬品が投与されるので、特別の部屋で注射を受けた。

手術当日は麻酔の関係で、処方薬である脳神経系の薬を飲むのを禁止されたので、私は他の患者のいる前でパニックを起こしたが、事前に私が自閉症であることを病院側に伝えていたので、幸い、トラブルになることはなかった。

そして、生まれて初めての手術を受けた。

手術室ではBGMでホルストの「木星《ジュピター》」のサビのところがオルゴールの音色で鳴っていた。それは中学生のときにプラネタリウムで聴いた音を彷彿とさせた。

私は全身麻酔ですぐに昏睡し、目が覚めたときには手術は終わっていた。

結局、マージンを含めて、拳一握り分を切除した。

術後も術創がある程度、塞がるまで、一週間ぐらい病院にいた。

深夜に夜勤の女性の看護師さんが見回りに来るのだが、何も知らない私は、不審者が来たのだと思って、大声を上げて威嚇したこともあった。

掃除の人とは、私が物の位置へのこだわりが強かったので、あまり反《そ》りが合わなかった。

病院の売店で、何気なく買ったミネラルウォーターが抜群にまろやかで美味しかったのを覚えている。

でも大変だったのは、その後だ。放射線治療で、一カ月程度、平日は毎日、病院に通わなくてはいけない。

その病院は、電車で数駅を数えたところにあったので何とかなったのだが、もうひきこもりとか言っていられなくて、私は毎日、電車に乗った。

その放射線治療の途中、患部が水膨れになって腫れたので治療を中断し、また最初からやり直しということになった。

そしてホルモン剤の投与。注射は三カ月置きで三年間、続けなければいけなかった。最初にその注射を受けたときは眩暈がしたが、やがて慣れた。飲み薬は十年続けるようにと言われて、本稿を書いている今（二〇一八）で九年目だが、今のところはまだ、生きている。私のことを死ねと思っている人たち、ごめんなさい。

化学療法は、今までにも強い薬をたくさん飲んできたこともあり、肝臓が耐えられないと思ったので、受けなかった。

治療の副作用があるので、以前にも増して、私には元気がなくなった。何よりも、予定していたシンポジウムをドタキャンしたせいで、以後はそちらの関係者たちから、二度と決して呼ばれることはなくなった。要するに私は、病気になることで、せっかく手にしたはずの講演活動という仕事を失ってしまったのだった。

掴みかけた自分の仕事、それに生き甲斐。それに、ドタキャンしたことによって信用もまた、失くしてしまったのが、とてつもなく、悔しかった。

正確には、それ以降も一件だけ、講演の依頼のお話が来たのだが、文字通りの体調不良と療養中を理由に、断るしかなかった。


そしてその二年後には、今度は子宮筋腫の手術をすることになった。

この度、入院した病院は首都圏の外れにある緑の多い場所で、無輸血治療をやってくれる数少ない病院だったので、日本各地から、ある宗教の信者たちも多数、来ていた。

行きは電車で移動して、入院の前日にビジネスホテルに泊まり、荷物は宅配便で病院に送った。

この病室でも、大きな窓から、昇ってくる朝の太陽を見ることができた。それは他の建物に阻まれないだけあって、さらに明るく感じた。病院の建物の周りにはぐるっと樹木が取り囲み、私にあてがわれた病室の外の樹では、小鳥たちが集合して、しきりとさえずっていた。この病院の建物にたくさんある通気口に小鳥たちが営巣していたのだった。

そして、病院内では時折、産室から元気な産声がフロア全体に響きわたった。私は、新しい命の誕生の度に、そのパワーを分けてもらった。

二度の入院のそのどちらも、親族のMさんの他、信者のAさんやその仲間たちが見舞いに来てくれた。

結局、赤ちゃん一人分の大きさの良性腫瘍を切除して、手術は成功した。

その後、私は回復室に入れられて一晩を過ごすことになったのだが、私は酸素マスクを装着され、まったく身動きのできない状態でカテーテルやチューブに繋がれていた。

見舞いの人たちが去ったその日の夕方、独りとなったそのカーテンの仕切りの中に、病院の関係者ではない、まったく知らない普段着の身なりをした男の人がいきなり入ってきた（たぶん、他の患者さんの見舞い客だったのだろう）。そしてその不審者は、ゴホゴホとしばらく咳をしたあと、大声でこう叫んだ。

「ここにも、いなーい！」

それで私は突然、眠りを覚まされた。悲鳴を上げたくても、お腹を切ったばかりでまるで力が入らないし、マスクもしていたので、声が出なかった。もし緊急ブザーがあれば何とかなったのかもしれないが、なんかとても、怖かった。

術後、自力歩行がいささか怪しくなって、どうしよう？と困っていたところに、信者のEさん夫婦が車を出してくれると申し出てくれたので、私はその善意に感謝した。そしてそれは、みかんを食べながら談笑したり、楽しいドライブになったのだった。

私の父は生涯、運転免許を持つことはなく、私の若いときは障害による欠格条項のために免許取得は禁止されていたから、ドライブというのが、私にとってはとても珍しい経験になった。そして、二時間か三時間ぐらい掛けて、かさばる荷物とともに自宅に送り届けてもらった。

そしてその手術から一カ月が経ったころの、二〇一一年三月。

日本の東北地方を、マグニチュード9・0の巨大地震が襲い、自分の住んでいるところもけっこう揺れて、大切にしていた飛行機の模型が壊れて、自宅の本棚が倒れた。が、そのときも、信者のAさんやEさんたちが、復旧を助けてくれたのだった。

その宗教は世の中から悪意ある中傷に晒されているから、誤解した人たちから悪しざまに言われることも多い（本稿を書いている時点でも、背教者の描いた漫画が社会的に注目を浴びている）のだが、では、私が困ったとき、いったい誰が助けてくれただろうか？　誰が手を差し伸べてくれただろうか？　私が困ったとき、止むなき声を上げようとしたとき、世の中、とりわけ支援者と呼ばれる人たちは、私の声を受け止めてくれただろうか？

そのことは、すでに本稿のⅠ章やⅡ章などでも述べたことだ。

まあ、その宗教に入信するには、占いやオカルトを止めなければいけなかったり、政治参加を諦めなければいけないとか、私にとって、いろいろ乗り越えるべき課題はあったのだが、しかし少なくとも、世の中の人たちから排除されるよりは、ずっと、ずっと、ましだ（この「まし」というのも、かなり世の中に譲歩した言い方なのだが）。

結局のところ、自分のような異質な者を受け容れてくれるのは、神しかいない。

＊　＊　＊

そんな日常のある日、ドナさんのサイトを久しぶりに覗いてみたくなった。

すると、衝撃的なことが書かれていた。

実は、彼女も、乳がんを患っていた。

彼女は、自分のサイトのトップページに、診断を受けた晩のセルフィーを載せていた。その写真たるや、あっけらかんというか、絶望というか、パラッパラッパー。

それで私は久しぶりに彼女にメールを書いた。自分も乳がんに罹患していること、子宮筋腫の手術も受けたこと、それに、彼女が紹介してくれた彼女の本の読者の一人と、いまだに交友が続いていることなども書いた。

すると彼女は、乳がんの私に、メールとともに、ＰＤＦファイルを添付してきた。そこには、病気や化学療法と闘う彼女の痛々しい姿が、オリジナルの詩とともに、彼女の手になる絵画と写真といった、カラフルなビジュアルで綴られていた。絶望の心境を謳ったなかにも、彼女の作品には光があり、神々しく、そして美しかった。

私は彼女が、そうした極限のなかでも、感性を決して失っていないことに感動を覚えた。それは、私の中で一度は死にかけていた感性を目覚めさせた。

私は思った。

もう一度、書いてやろう、と。

⁂

その数カ月後に、再び彼女のサイトを訪れたときには、サイトの作りが前と違っていた。

そこには、こうあった。

RIP Polly Samuel (aka Donna Williams) - 1963-2017

何と彼女は、その年の四月に、亡くなっていた。

私と同じ生まれ年で、同じ女性で、同じ自閉症の人が、自分と同じ乳がんで、亡くなってしまうなんて――

彼女の死を知ったその晩、私は久しぶりに泣いた。

ずっと感情が麻痺していて、喜怒哀楽を感じることの少なくなっていた私が。

それからしばらくして、私の脳裏に、それまでの過去の出来事が、まるで走馬灯のように蘇ってくるようになった。最初は受け流していたのだが、それは何度も頭の中で繰り返すので、これは書き留めろ、ということなのかな、と思った。

にもかかわらず、このころは、そうすることができなくなっていた。

というのも、当時の私の知人の中に、難解なメールをしょっちゅう寄越してくる人がいたからだった。哲学を嗜《たしな》む彼からのメールは、とにかく、とてつもなく難しかった。加えて、毎回、深刻な悩みが書かれてある文面は、いつも、とてつもなく重かった。それで私は思考力を奪われ、閃きをなかなか形にできないままでいた。

あるときは、その人からの質問の羅列に、一つひとつ綿密に調査してから返信した。またあるときは、まるでモノローグのような内容のメールに、難渋して考えあぐねた揚句、何とか気力と体力を奮い起こして返信した。しかし苦労して書き上げたメールの内容はいつも無視されて、返信には毎回それとは関係のないことが書かれているのだった。

元旦の朝に重たい相談メールが来ることもあった。

返信する度に、頭脳を酷使したために身も心も疲れ果て、いつも寝込んでしまっていたのだが、私としては、人道的な理由というか、悩んで困っている人を放っておけなかった。

しかし、転機が訪れた。

ある日、その人は、私の信念を頭ごなしに小馬鹿にするようなメールを寄越してきた。

でも一回目は、たまにはそういうこともあろうかと、ともあれ、許した。

でもその人は、その次も、そうしたメールを送ってきた。その人は私の信条を、またもや上から目線でケチョンケチョンに貶《けな》してきたのだった。

人にはおそらく誰にでも、大切にしているものがあると思う。その中には、精神的な支柱《バックボーン》にしているものもあれば、命よりも大切にしているものもある。しかしこの人は、こともあろうに、それを頭ごなしに否定してきた。それも、自分の頭で考えることをせず、読み齧った中傷文書を鵜呑みにして。

この人は禁忌《タブー》に触れた。それも、二度も。

たとえ価値観が違っても、お互いにそれを尊重することはできるはずだ。だがその人は、それすらもできない人だった。もう、この人とは、価値観を共有できない――

それで私は、心を鬼にして、毅然と、それまでの人生で二回目となる絶交を果したのだった。正確には、「誤解と偏見がなくなったら、また改めてご連絡をください」と書いたのだが、その人はその私のメールを絶交状とみなした。

ちなみに一回目の絶交は、自分の意志とはかかわらず、強制されて友達にさせられた人（元「エコール」のバトーさん）だったので、実質的に、これが生まれて初めての、自分から果たした絶交だった。

ともあれ、私はそうやって、長らく自分の創作活動の重荷と足枷となっていた、その関係を切った。

それから三カ月ぐらいを経て、まるで私は堰を切ったように、自分の思いの中で言葉が流れるように巡り始めた。そしてそれまでの過去（の一部）を綴り始めた。

「もう、あまり、時間がない」

自分の中の人が、そのように叫んでいるように感じた。

【了】

《二〇一八年十月　記》

おわりに

本書は私にとって三作目の手記となる。一作目の手記である『変光星――ある自閉症者の少女期の回想』（一九九六）から二十三年、二作目の手記である『平行線――ある自閉症者の青年期の回想』（二〇〇二）から十七年（ともに現在は遠見書房にて復刊）が経っているので、今回の執筆にあたっては、それらの手記をまったくご存じない方にも読んでいただけるように配慮した。本書は右記の続きの「成人期の回想」に相当し、今回はとくに『平行線』で「書く自信がない」（同二九七頁）として保留した分を含む、私のひきこもり人生における平成時代の三十年間について新たに書き起こしたものである。

本書は巻頭辞にもある通り、「不登校支援者たちが発達障害にまだ無理解だったころ、自閉症のひきこもりの若者が支援者や居場所や相談の場を探す」ストーリーであり、障害がある人の不登校の《その後》を描いた実話である。本書で描いた通り、今日でこそ発達障害の人を受け容れるようになった不登校支援者たちも、最初からそのようにしていたわけではなく、また今では不登校とひきこもりは同列に語られる機会も増えたが、当初から不登校支援者たちが大人のひきこもりを受け容れている訳ではなかった。そして現在、その流れを汲む人たちが、不登校や大人のひきこもりの社会運動のイニシアティブを執っている。そうしたなかで、例えば私のような、発達障害を伴う高齢ひきこもりがまだ若かったころ、どのように支援者を探していたか、どのように彼らと繋がろうとしていたか、また当時の支援者たちがどういう対応をしていたかなどについて、本書がその一端を知る一助となるなら幸いである。

近年、「50・80問題」とも言われるようになった高齢ひきこもりだが、本書の準備中に相次いで痛ましい事件が生じ、大きな社会的注目を浴びた。発達障害にせよ、ひきこもりにせよ、年長・高齢の人たちへの支援は、（本書でも描いたように）若年層に比べて常に後回しにされてきた歴史があるため、例えば私ぐらいの世代の当事者は、長らく相談の場に恵まれなかった。にもかかわらず、その実情は世の中にほとんど知られていないので、大人のひきこもりを長年取材している某有名ジャーナリストからすらも「どうして相談しなかったのか」と書かれてしまう。願わくは、すでに親を亡くしたり、そうなることを不安に思っている発達障害・ひきこもり当事者やその家族が、足を引っ張られたり悪者にされることなく、安心して相談できる《心の駆け込み寺》のような場所、肩の荷を降ろせるところ、ニーズを支援者や研究者や行政に知ってもらえる機会が必要だと思う。

〝支援者〟というと、その字面からついつい〝助けてくれる人〟と安易に考えがちで、とくに苦しいときには藁にもすがる思いでそうした支援者に頼りがちである。しかし本書でも描いた通り、とても支援者とはいえない支援者もいるのが現実で、相談者の人権を侵害し、無力な一個人でもある障害当事者に、集団で対峙する人たちも存在する（※本書一四二頁）。そういった問題のある支援者や支援団体、社会運動家に限って知名度と社会的影響力があり、立法にも関与し、自分たちのところに公金が投入されるよう画策し、また各種メディアで取り上げられ好意的に紹介されてもいるが、ともすると国民と利用者を欺きかねないそうした状況のなかで、本書が《支援者リスク》について広く世の中に啓発することは、公益にかなうことだと思う。

もし、本書に登場する（今日ではＮＰＯに相当する）支援団体の類が、そこで生じた問題の話し合いに応じてくれていたなら、必ずしも本書を執筆しなくてもすんだと思う。当時は「発達障害」という言葉はまったく知られていなかったので、ある程度は仕方のなかったところもあるにせよ、ＮＰＯといえども不完全な人間の集まりだから、どんなに善意で良心的に運営しているつもりでも問題は出てくるし、とりわけ本書Ⅱ章で描いたような、問題のあるスタッフを抱えてしまった場合はとくにである。だがＮＰＯには（コンシューマー相手の私企業と異なり）利用者やクライアントからの苦情を受け入れる窓口が存在しない。だから企業同様に、ＮＰＯにもそれに相当するものがあればよい（①）。それでも埒が明かなかった場合には（「消費者相談センター」のような）ＮＰＯとのトラブルを協議する第三者機関が必要である（②）。だがそれでもダメなら、本書のような告発本を書くしかない（③）。本書の場合は、①②とも現時点までに見当たらないので、やむなく③の方法を採らざるを得なかった。

こうしたノンフィクションを書くと、必ず出てくるのが「事実と違う」「誤解だ」といった類の抗議や批判の声だが、事実というのは視点の取り方次第で、いくらでも異なる映り込み方をする。例えばここに茶筒が置かれてあるとして、それを見たＡは「これは円である」と言い、一方のＢは「いや、これは長方形である」と言う。かと思えば、ティーポットに頭を突っ込んで実物を見ることのないまま「事実と違う」と言う人もいる。また富士山は横から見るのと上から見るのとでは形が違うし、観察者によって実にさまざまな富士山があり、さまざまな心象風景がある。さらに言えば、絵画やイラストには固有のタッチというものがあるが、本書は私が自分のアングルを自分のタッチで〝描〟いた。

また私は、事実を記すのであれば、本来であれば固有名詞についても正確にそうするべきだと考えているが、本書では特定を避け、プライバシーなどに配慮するため、および各種リスクを排除するため、人名の大半と、団体名などの一部については、実際と異なるものを使わざるを得なかった。また、同様の理由でフェイクを入れざるを（に変えざるを）得なかった箇所がある（※本書五十一頁の相談にまつわることなど）。その他、紙面の都合で端折ったものもあれば、（心理的ショックなどで）記憶が飛んでいるところもあれば、私の不完全さや思い違いなどのために事実と異なる点もあろうとは思うが（時系列の多少の前後については、どうかご容赦いただきたい）、本書の執筆に際しては、状況の許す限り、および自分の能力の及ぶ限り、事実に忠実であろうと努力したつもりである。

かの有名な故ドナ・ウィリアムズ女史は、かつて来日の講演上（※本書一九四 - 一九五頁）で「ドナだけが自閉症なのではない。『これが自閉症だ』という事例は存在しない」（※『平行線』三一二頁）と語っていたが、こうした自閉症のいろいろについては、いろいろな自閉症の人たちが言及していることでもある。私は数ある発達障害のなかの、ほんの一事例に過ぎないが、本書を通じて、自閉症の人が相談したり、支援者たちと繋がろうとすることが、どんなに困難であるかを、支援者とりわけ教育・福祉の専門職の方々にわかっていただけるなら幸甚である。

なお、本書中の引用聖句は日本聖書協会の聖書本文検索に拠った。

https://www.bible.or.jp/read/vers_search.html

また、本書中での『変光星』『平行線』からの引用・参照頁ナンバーは、どちらも遠見書房版からのものである。

最後に、本書の刊行に際しては、「自閉女」（ジヘジョ）というユニークな造語をご発案くださった、遠見書房の山内俊介氏のご尽力に負うところが大きい。氏をはじめ、本書に関わったすべての人たち、そしてここまで読み進まれてこられた読者の方々に御礼を申し上げる。

二〇一九年（令和元年）十月二十二日　著者記す

本書中における他の拙著手記の参照・引用箇所（対照表）

本書	参照・引用箇所
21頁7行目	『平』89-90頁（遠），75頁（ブ）
同13行目	『平』185-253頁（遠），166-229頁（ブ）
同18行目	『平』266-296頁（遠），242-269頁（ブ）
25頁5行目	『平』78-98頁（遠），64-83頁（ブ）
43頁6行目	『変』14-15頁（遠），20頁（花，飛）
87頁1行目	『平』290頁（遠），263頁（ブ）
88頁8行目	『平』267-291頁（遠），242-264頁（ブ）
同10行目	『平』291-293頁（遠），265-266頁（ブ）
131頁13行目	『平』266-291頁（遠），242-264（ブ）
138頁5行目	『平』303頁（遠），275頁（ブ）
156頁1行目	『変』38-40頁（遠），41-43頁（花，飛）
159頁14行目	『平』Ⅳ章（各版共通）
171頁7行目	『平』122頁（遠），106頁（ブ）
176頁10行目	『変』85頁（遠），86頁（花，飛）
185頁2行目	『平』175頁（遠），154頁（ブ）
216頁5行目	『平』297頁（遠），270頁（ブ）
219頁6行目	『平』312頁（遠），283頁（ブ）

『変』は『変光星』，『平』は『平行線』，「遠」は遠見書房版，「ブ」はブレーン出版版，「花」は花風社版，「飛」は飛鳥新社版の，それぞれの略。

●著者プロフィール
森口奈緒美（もりぐち・なおみ）
本名同じ。1963 年福岡市生まれ。自閉症当事者。不登校経験者。
12 歳（中 1 ）から 30 歳まで，いじめ問題，学校・教育問題について，当事者の立場からメディアや関係者たちに向けて投書し続ける。
1996 年に，自閉症者による単著としては日本初の，自閉症当事者による本格的な手記『変光星——ある自閉症者の少女期の回想』を発表。1999 年にはドラマ化の話も持ち上がるも諸般の事由にて辞退。

2002 年にはその続編である『平行線——ある自閉症者の青年期の回想』をリリース。両著は今日に続くロングセラーになる（ともに遠見書房で再刊されている）。

本書『自閉女（ジヘジョ）の冒険——モンスター支援者たちとの遭遇と別れ』はそれらに続く手記 3 作目となる。

他の著作にエッセイ集『金平糖——自閉症納言のデコボコ人生論』（遠見書房，2017）がある。

なお，現在（2020）は高齢ひきこもりの当事者でもある。

自閉女（ジヘジョ）の冒険《ぼうけん》
——モンスター支援者たちとの遭遇と別れ

2020 年 02 月 20 日　初版発行

著　者　森口奈緒美《もりぐちなおみ》
発行人　山内俊介
発行所　遠見書房

遠見書房
〒 181-0002 東京都三鷹市牟礼 6-24-12
三鷹ナショナルコート 004
TEL 0422-26-6711　FAX 050-3488-3894
tomi@tomishobo.com　http://tomishobo.com
郵便振替　00120-4-585728

印刷・製本　大平印刷社

ISBN978-4-86616-104-4　C0011